나는 언제나
따듯하고 싶다

나는 언제나 따듯하고 싶다

초판 1쇄 발행 2024년 08월 31일
지은이_ 정보연, 박자은, 이수연, 조 은, 박경옥, 민 하
펴낸이_ 김동명
펴낸곳_ 도서출판 창조와 지식
디자인_ 꿈이글
인쇄처_ (주)북모아

출판등록번호_ 제2018-000027호
주소_ 서울특별시 강북구 덕릉로 144
전화_ 1644-1814
팩스_ 02-2275-8577
ISBN   979-11-6003-768-5(03800)
정가 18,000원

지식의 가치를 창조하는 도서출판 창조와 지식
www.mybookmake.com

나는 언제나 따듯하고 싶다

이 책에는 kopub돋움체, kopub바탕체, tdtd네온, tdtd설렘주의보,
tdtd구름고딕체가 사용되었습니다.

프롤로그

나는 언제나 따듯하고 싶다

우리는 모여서 글을 썼다.
저마다 어떤 이야기를 하고 싶었는지
발견하며 탐구하는 과정은 순탄치 않았다.
그래도 끊임없이 고민했다.
멋지고 근사한 이야기는 아닐지도 모른다. 하지만
이 책에 참여한 작가들은 언젠가는 꼭 하고 싶었던 이야기
정말 하고 싶었던 이야기를 썼다.
누군가를 향한 사랑일 수도, 누군가를 향한 원망일 수도
누군가를 위한 희망일 수도 있다.
어쩌면, 누군가는 비슷한 이야기를 하고 싶을지 모를
그 순간을 위해 썼다.
반복되는 일상에서 잠시 탈출할 수 있었던 것은
바로 글쓰기 덕분이었다.
지금 이 순간, 그 누구보다 자신을 향해 따듯한 사람이고 싶다는
그 바람을 전한다.
우리의 글을 통해서 더욱 아름답고 다양한 세계를
더욱 풍성하게 보고 이해할 수 있길.
이 책이
또 다른 이의 간절한 소망이 되길 바란다.

차례

그럼에도 불구하고, 사람이 사람에게

정보연

작가 정보연

버스를 타고 창밖의 풍경을 보다 보면 그 풍경 하나하나가 머릿속에서 이야기가 되곤 했습니다. 잊을까 급하게 노트를 꺼내 끄적인 글들을 수줍게 모아 책으로 엮었습니다. 여러 이별의 가닥 가닥을 한데 모아서 견디며 살아가는 삶의 아름다움을 이야기했습니다. 시간의 틈 혹은 관계의 틈이 생길 때 소소하게 읽어나갈 수 있는 글이길 바랍니다.

국어의 시작인 한글부터 국어의 완성인 마인드맵까지를 대치동에서 강의하는 강사이자 책을 쓰는 작가로 활동하고 있습니다. 지은 책으로는 [얘들아, 들리니? 들어봐!], [신나는 한글놀이], [유·초등 때부터 준비하는 평생 문해력]이 있습니다.

인스타그램 @mms_daechi
카카오톡 채널 마인드맵스쿨대치

기억의 온도

　파도가 몰아치는 바닷가의 모래사장에 아무렇게 앉아 있다. 딱히 해야 하는 일이 정해져 있지 않은 날이면 생각나는 사람을 떠올려 본다. 아니 저절로 떠오른다. 옆에 빈자리를 채워주는 사람은 신경 쓸 겨를도 없이, 모래를 가지고 해변으로 오고야 마는 파도처럼 기억은 오고야 만다.

　상처만 받은 것이 아니라고 누군가에게 상처를 주기도 했었다며 지금 느끼는 아리는 마음을 애써 다독여본다. 이렇게 애달파 하기엔 시간이 너무 많이 흘렀다는 것을 모르는 것이 아니다. 그렇지만 마음이 마음대로 할 수 있는 것이 아닌지라 오늘도 제멋대로인 마음에게 휘둘리고 있다.

　화창한 5월의 어느 날, 초록색 플레어 치마를 입고 긴 머리를 휘날리며, 어느 순정 만화의 주인공처럼 x가 등장했다. 긴장한 탓에 밥을 먹는 속도를 맞춰야 한다는 것을 잊었다. 먼저 밥을 먹고 숟가락을 놓는 순간 '아차' 싶었다. 그런 나를 보며 아무렇지 않게, 남은 밥을 야무지게 입에 넣던 x의 그 모습조차 사랑스러웠다.

 x와 더 많이 있고 싶어서 더 많은 곳을 가고 싶어서 형편에 어울리지 않게 차를 샀다. 이제는 폐차장에 들어가도 어색하지 않을 그 차를 우린 손을 꼭 잡고 타곤 했다. 한 손은 운전대 위에 한 손은 x에게, 고급 세단도 가져다줄 수 없는 우리의 행복으로 공간이 가득 찼다. 어디를 가든 내 손에는 카메라가 있었다. x의 사랑스러운 모습을 놓치기 싫어 연신 셔터를 눌러댔고 그런 나를 보며 어느 때보다 x는 밝게 웃어주었다.

 사귄 지 얼마 되지 않았을 때 나는 미국으로 발령을 받았고, 장거리 연애를 시작했다. 몸이 멀어지면 마음도 멀어진다고 하는 말처럼 되지 않기 위해 싸우기도 많이 싸웠다. 돌이켜 생각해 보면 서로가 너무 좋았던 탓이었다. 감정이 마르고 열정이 사그라지는 요즘, 한 사람을 그렇게 신경 쓰고 연락하고 때론 간섭하라고 하면 할 수 없을 것이다. x의 오해를 풀어주느라 전화기를 붙잡고 창문에 매달려 몇 시간 동안 통화를 하곤 했다. 그렇게 1년의 해외 근무를 마치고 돌아오던 날, 꽃다발을 들고 공항에 마중 나온 x덕분에 한동안 회사에서 유명인사였다.

 지금이라면 내가 x의 손을 그렇게 쉽게 놓았을까? 그때는 왜 알지 못했을까. 이렇게 오랜 시간을 그리워할 사람이 x였다는 것을 말이다. x가 헤어지자고 울면서 말하던 것이 붙잡아 달라고 나를 선택해 달라고 말한 것임을 그때는 몰랐다. 아니 모르고 싶었다. x와 내가 모두 어렸다고 어려서 그랬다고 젊음에게 탓을 돌려본다.

주변의 지인에게 수소문하면 x의 소식을 알 수 있지만 묻지 못한
다. 내가 간직한 기억의 온도와 x의 기억의 온도가 다를 것임을 알기
에. 아직도 뜨거운 나의 기억의 온도를 재 본다. 기억이 언제쯤이면
추억이 될 수 있는 적당한 온도가 될까? x와의 일들을 하나하나 후
회하듯 떠올리며 오늘도 살아간다.

사춘기 가게

요즘 나는 사춘기다. 사춘기를 핑계로 누구든 괴롭히고 있다. 그중 사춘기 가게의 단골손님은 모두가 예상하듯 엄마다. 늦잠을 자도 엄마 탓, 입으려고 한 옷이 세탁기에서 발견되어도 엄마 탓, 친구와 약속이 취소되어도 엄마 탓, 탓, 탓, 탓.

엄마를 위해 공부하는 것처럼 생색을 실컷 낸 뒤, 밀려오는 잠을 이기지 못하고 침대에 누워버렸다. 전화벨 소리에 잠에서 깬 뒤, 잠투정에 시동을 걸어보려고 방 밖의 소리에 집중했다. 누군가와 통화하는 것 같은 엄마의 목소리가 들렸다. 한숨을 중간에 섞어 가며 이야기를 나누고 있는 소리가 묘하게 집중하게 만들었다. 어렴풋하게 엄마의 말이 귓속으로 들어왔다.

"나도 영어학원 다녀야 되는데… 1년 다니면 어느 정도 알 수 있다고?

아니, 밖에 나가면 다 영어잖아. (멋쩍게 웃으면서) 아니 samsung 라고 쓰여 있으면 그게 삼성인지도 몰랐다니까… (웃음)"

그 이야기를 듣고 보니 길에 보이는 수많은 간판이 영어라는 것이 떠올랐다. 그걸 보고 답답하게 생각할 사람이 있다는 것에 관심을 가져보지도 않았다. 브랜드의 영어가 영어라고 생각을 못 했던 것이다. 누구나 당연히 읽을 수 있는 것으로 생각했는데. 얼마나 답답했을까. 그걸 어린 나에겐 하소연도 못 하고 부모 체면에 가르쳐 달라고 하지도 못했을 것이다. 더욱이 사춘기가 한창인 이 시기엔 말 한마디 꺼내기 어려웠을 테니.

부모에게 기댈 수 없어서 배움을 일찍 포기한 엄마는 줄곧 배우고 싶다고 이야기했다. 딸은 대학에 보내지 않으려는 경우가 많은데도 나를 기어코 대학에 보내려고 노력하는 것도 엄마의 배움에 대한 아쉬움이 크게 작용했을 것이다.

그 시절 엄마에게도 지금의 나에게 있는 엄마가 있었더라면 배움에 대한 늦은 갈증을 느끼지 않아도 됐을 텐데. 사춘기라고 소리나 지르는 딸 때문에 꽃처럼 예쁜 엄마가 시들어 버린 모습에 갑자기 울컥했다.

엄마가 방문을 열어 자고 있는 나를 확인한다. 듣지 말아야 하는 말을 들은 것은 아니지만 엄마가 민망할까 봐 이불을 뒤집어쓰고 자는 척을 한다. 흐르는 눈물을 감추고 싶은 건 두 번째 이유다. 엄마는 그동안 얼마나 많은 눈물을 외로이 흘렸을지 생각하니 속절없이 눈물이 샘솟는다. 그 눈물에 나도 많은 원인을 제공했으리라.

한참 만에 푹 자고 일어난 것처럼, 아무렇지 않게 일어나 방 밖으로 나갔다. "일어났니?" 얼굴을 보지 않고 방바닥을 닦으며 묻는 엄마의 물음에 "응."이라고 짧게 대답했다. 닦아 놓은 방바닥 한구석에 앉아 평소라면 걸지 않았을 말을 엄마에게 실없이 걸어본다.

엄마도 싫지 않은지 나의 실없는 이야기에 정성스럽게 답을 한다. 그 실 끝에 "엄마, 나 키우느라 힘들지? 미안해."란 말이 달려온다. 평소와는 다른 사춘기 딸의 말에 엄마가 놀란 듯이 말한다. "왜 미안해? 너는 착한 딸이라 키우기 편해."라고. 거짓말이 분명한 그 말을 들으니, 마음이 한결 가벼워진다. 그렇게 오늘도 쉽게 내뱉는 미안하다는 말로 나의 죄책감을 한 스푼 덜어내 본다.

'엄마, 사실은 말이야. 나 자고 있지 않았어. 그래서 어쩌면 엄마가 감추고 싶었던 것을 알게 됐어. 그렇지만 그럼에도 불구하고 엄마가 내 엄마여서 좋아. 사랑해.' 엄마의 귓가에 닿으면 좋았을 말을 허공에 혼자 읊조린다.

엄마는 나의 괴롭힘에도 항상 그 자리에 같은 모습으로 있어 줄 것이라 생각했다. 벽처럼 단단하기도 하고 답답하기도 한 그런 모습으로. 꿈을 펼치기보단 접기 바빴을 엄마의 사춘기를 슬프게 마주하며 나의 사춘기 가게의 문을 닫을 시간이 왔다는 걸 깨닫는다.

두근두근 실버 라이프

화창한 5월의 날, 할머니는 자식들에게 연락합니다. 나들이 가자는 말은 차마 나오지 않아 날씨가 좋다는 말을 꺼내 봅니다. 아이들은 바쁜지 서둘러 전화 끊기를 원하는 눈치입니다. 모르는 척, 눈치가 없는 척 몇 마디 더 해 본 뒤 전화를 끊습니다. 이런 날엔 친구들이 그립습니다. 시시콜콜한 이야기를 나누며 만나던 친구들. 얼마 남지 않은 친구 중 한 명에게 전화를 걸어봅니다. 신호음이 여러 번 울린 후 받은 친구의 목소리에서 반가움이 묻어납니다.

'너도 찾는 사람이 없었구나.'

"우리 어린이 대공원 가지 않을래?"

"나도 가고 싶은데 요즘 무릎이 너무 좋지 않아."

"유모차라도 끌고 가보자."

아이가 그 시절 부모에게 나들이를 가자고 조르던 것처럼 친구를 설득해 나들이를 나섭니다.

아들, 딸 손을 잡고 대공원에 온 가족들을 보니 작년에 떠난 할아범 생각이 간절해집니다. 60년을 같이 살며 꽃처럼 좋았던 날들만 있었던 것은 아니었는데 왜 이리 그리워지는지 모를 일입니다. 유모차를 다리 삼아 의지하는 친구와 함께 천천히 대공원 유람에 나섭니다. 자유롭게 물속을 헤엄치는 물개들 사진도 찍습니다. 80이 되도록 살았으면서 아직도 이런 게 좋다는 걸 젊은 사람들은 이해할까요? 주책이라고 하지 않길 바랄 뿐입니다.

늙음이 슬픈 이유는 겉모습은 시간이 갈수록 가속도가 붙은 것처럼 나이가 드는데, 늙은 몸 안에 있는 할머니는 그 속도를 따라가지 못했다는 것입니다. 어느덧 흘러버린 시간에 놀라고, 늙어버린 몸 안에 갇혀 바람에 끌려가는 낙엽처럼 세월에 속절없이 끌려가야만 하는 처지가 거북하게 느껴집니다.

점심시간 무렵 시장하여 찾은 식당에는 사람이 아닌 기계가 주문을 받고 있습니다. 젊을 때는 빠릿빠릿하다는 소리만 들었던 할머니는 빠릿빠릿한 것과는 멀어진 지금 기계로 주문을 못 해 어쩔 줄 모릅니다. 뒤에서 기다리던 젊은이들이 할머니의 주문을 대신 해준 뒤에서야 밥을 먹습니다.

다른 사람에게 폐 끼치는 걸 너무나 싫어하는 할머니는 나이가 들수록 주위에 도움을 받는 상황이 많아져 더 서러워집니다. 할머니는 창문을 모두 닫아서 바깥 공기가 들어오지 않으면 답답함을 느낍니다. 할머니는 삶에서도 그러한 감정을 겪습니다. 공기의 흐름처럼 사람도 세상 속으로 흐르고 순환하면서 살아가고 있다고 느끼는데, 흐름이 꽉 막혀버린 지금의 상황이 답답하게 느껴지는 것은 어찌 보면 당연하다 스스로 위로해 봅니다.

친구의 걷는 속도를 따라 공원 이곳저곳을 천천히 다녀봅니다. 한

무리 사람들이 모여 앉아 바둑을 두는 사람을 구경하고 있습니다. 비슷한 겉모습의 사람들을 만나니, 친구들을 만난 것 같은 반가운 마음마저 듭니다. 젊을 때는 아이들을 키우느라, 직장 생활을 해내느라 자기 시간을 갖기 어려웠습니다. 이제 늙고 시간은 많아졌는데 혼자 시간을 보내 본 적이 없는 할머니와 할아버지들은 아무도 필요로 하지 않는 많아진 시간이 당혹스럽습니다. 그저 무료 공원에서 바둑을 두고 그걸 구경하면서 시간을 보냅니다.

그 순간 할머니의 눈이 젊었을 때처럼 빛납니다. 주름과 흰머리로 뒤덮인 모습이지만 분명 중학교를 같이 다닌 친구입니다. 그 친구도 할머니를 알아보고 다시 중학생이 된 것처럼 반가워합니다. 그때 당시로 돌아간 듯한 분위기에 몇 살은 젊어진 것 같은 기분이 듭니다. 중학생 때 할머니가 추울까 봐 벗어준 교복 재킷에서 나던 좋은 향기를 할아버지가 된 지금도 간직한 친구를 보니 저절로 웃음이 지어집니다.

셋은 한 무리가 되어 같이 유람을 떠납니다. 이 순간이 조금은 오랫동안 계속되길 할머니는 바라봅니다. 친구들이 전화를 받지 않으면 철렁합니다. '설마?'라는 나쁜 생각을 허공에 휘저으며 날려 보냈습니다. 오래 알고 지내서 손님이라기보단 친구 같은 주인의 가게가 문을 닫은 것을 보면 걱정이 앞서는 나이이기 때문입니다.

흰머리 할머니는 천천히 걸으며 오랜만에 소박한 행복을 누립니다. 오랜만에 만난 중학교 친구 덕분인지 밝게 빛나는 오후의 햇살 때문인지는 몰라도 두근두근한 설렘을 느낍니다. 그리고 다짐합니다. 언제 닫힐지 모르는 인생이라며 체념하고 살지 말자고. 마음속

설렘을 찾아 두근두근 거려보자고. 나의 두근두근 실버 라이프를 꿈
꿔보자고.

좋은 척과의 이별

　중학교나 고등학교에서 가르치는 일을 하는 대학 동기들과 만나면 유독 듣게 되는 물음이 있다. "말이 통하는 않는 아이들 가르치려면 힘들지 않아?" 말이 통하는 중학생이나 고등학생 가르치는 게 더 쉽지 어떻게 유아 아이들을 가르치느냐고 물어보는 것이다. 그 물음에 "힘들 때도 있지만, 유아 수업만이 주는 장점이 너무 크기 때문에 계속할 수밖에 없어."라고 이야기한다.

　말이 다 통하는 어른과 맺는 관계는 쉬운가? 인간관계의 어려움을 토로하며 힘들어하는 사람들을 어렵지 않게 볼 수 있다. 직장에서 상사나 동료와의 관계로 스트레스 받기도 하고, 친목을 매개로 한 성인들의 관계에서 어려움을 겪는 경우도 있다. 앞에서는 좋은 척 이해하는 척 사이가 괜찮은 척을 하다가 한 사람이 없어지면 뒷담화가 시작되기도 한다.

　선의를 가지고 한 행동이나 말이 상대방에 따라서 선의로 받아들여지지 않는 경우도 있다. 그런 상처들이 쌓이고 쌓이다 보면 선의를 표현하는 것 자체를 꺼리게 된다. 오랜 시간 알고 지내 서로 성격이 잘 맞네 맞지 않네 생각조차 못 했던 인연이 나를 비방하고 다녔을 때의 그 허무함을 잊지 못한다. 화를 내면 그 사실이 정말 진실이 될까 봐 어설픈 변명을 듣고 없었던 일처럼 넘겼었다.

아이가 초등학교 입학 전 친한 엄마들이 조언해 주길 학부모와 너무 막역한 관계를 맺지 말라는 것이었다. 아이로 인해 친해진 관계, 내 친구가 아니고 아이 친구이기 때문에 그 관계가 틀어졌을 경우 학부모 모임에서 불편할 수 있다는 이야기였다.

친목이 주된 목적이든, 일이 주된 목적이든 성인을 주축으로 한 모임은 조심스럽고 뒷말이 걱정된다. 하지만 아이들과의 만남은 다르다. 그 차이점이 내가 유아 수업을 사랑하는 가장 큰 이유이다.

유아들은 앞과 뒤가 같다. 좋으면 좋은 것이고 싫으면 싫은 것이다. (상대가 먼저 싫어하는 경우가 아니면 좋아해 주지만) 수업 시작 전 밝은 웃음을 가지고 만나러 오는 아이들의 모습이 사랑스럽다. 배운 지 얼마되지 않아서 써 온 '고마뜸미다' 카드가 나를 행복하게 한다. 그런 아이들의 모습에 무장해제가 되어 나의 마음을 솔직하게 표현한다. 투명한 물처럼 자기 자신을 보여주는 아이들에게 나만 그 물을 흐리게 하여 보지 못하게 할 수는 없다.

아이들은 자신을 사랑해 주면 반드시 그 사랑을 돌려준다. 수업을 마치고 놀이터를 지날 때 나를 알아보고 달려와 안아주는 아이들. 올라간 입꼬리, 반짝이는 눈망울, 벌렁거리는 코. 흡사 주인을 마중 나온 귀여운 강아지같아 웃음이 나곤 한다. 아이들은 이렇듯 자신을 사랑해 주는 선생님과의 만남을 기다리고 기뻐한다.

더 많이 사랑하는 사람이 약자가 된다고 한다. 약자가 되지 않기 위해 내가 가진 사랑을 조금만 보여주는 것이 어려웠다. 그래서 줄 곧 강자보단 약자이곤 했다.

사랑이 넘쳐흘러 나조차 주체하기 힘들 때가 있었다. 사람을 좋아 하는 개띠여서 그런 것인지, ENFP라서 그런 것인지는 모르지만 사 랑을 많이 가지고 태어났다. 그 사랑의 홍수에 소중하게 생각했던 사람들을 휩쓸려 떠나보내기도 했다. 멀어져가는 사람들을 보면서 주워 담을 수 없는 마음을 원망했다.

원망했던 그 마음을 온전히 바로 볼 수 있는 시간. 사랑이 넘쳐흐 르는 것을 감출 필요도 없다. 많이 표현하면 할수록 아이들의 마음 이 안정되고 영혼이 풍부해짐을 느낀다. 나의 이 순수한 마음을 밀 고 당기지 않고 그대로 받아주는 아이들. 내가 좋은 척과 이별하고 진심으로 좋아하며 유아 수업을 계속하는 이유다. 그러므로, 오늘도 난 아이들을 기다린다.

연애 말고 연예

아이스크림 가게에서 일정 금액 이상을 지불하면 인형을 살 수 있는 이벤트를 한 적이 있다. 너무 귀여운 인형이라 갖고 싶은 마음에 재고가 있는 곳을 찾고 찾아 인형을 사러 갔다. 인형을 받아 들고 웃음 띤 얼굴로 나오는데 한 아주머니의 목소리가 귓가에 차갑게 닿았다.

"난 저런 거 사러 다니는 사람 이해가 안 돼."라며 들으라는 듯 나를 쳐다보며 말했다. 인형을 받아서 기쁜 마음을 온전히 느끼기도 전에 모르는 사람에게서 듣게 된 차가운 평가가 마음을 아프게 했다.

나의 덕질은 인형만을 대상으로 하지 않는다. 중학생 때는 HOT를 좋아했다. 지금 생각해 보면 무슨 용기로 부모님까지 속여가며 콘서트를 다녔는지… 연예 정보 프로그램에서 잠깐 스친 나의 영상에 황급히 채널을 돌린 기억이 아직도 생생하다.

중고등학생 때는 누구나 마음속 연예인 한 명쯤 품고 살았던 시기라 누구도 나에게 핀잔 섞인 차가운 말을 하지 않았다. 그런데 대학생이 되고 연애를 시작하면서 나조차도 연예를 좋아하는 친구들을 이해하지 못했었다. 왜 그랬을까? 연애는 스무 살에게 적당한 것이고, 연예를 좋아하는 것은 그 나이에 적당하지 않은 것일까?

성인이 되고 나면 연예인을 좋아하고 팬 사인회에 가는 것을 안 좋게 보는 시선들이 생긴다. 한 무리의 팬들이 모여있는 장소에서 그 팬들을 한심하게 보며 이야기하는 대화 내용을 들었다. 어른이 되면 뮤지컬, 연극, 오페라, 전시회 등을 다녀야 하는 것일까? 뮤지컬 보러 다니는 걸 한심하게 보는 사람들은 없는 것 같은데, 유독 좋아하는 연예인을 덕질하는 것은(팬 활동하는 것) 한심하게 본다.

다른 사람을 좋아하고 선망하는 순수한 마음을 철없는 행동으로 틀에 가두고 안 좋은 시선으로 보는 이유는 무엇일까? 남에게 피해를 주는 것도 아닌데 말이다.

오늘도 좋아하는 연예인의 인스타에 조용히 '좋아요'를 누른다. 나조차도 댓글을 남길 용기가 없다. 나이가 많아서, 사회적인 체면이 중요해서, 남들의 시선이 무서워서, 적극적으로 나의 덕질을 오픈하지 못한다. 나를 가슴 뛰게 하는 나의 연예인을 부끄럽게 생각하고 싶지 않은데. 그 마음을 증명하기 위해 인스타 팔로우를 누른다. 이것이 이 나이에 보란 듯이 공개적으로 덕질하는 소심한 용기다.

덕질은 나에게 소중한 마음의 위안이며, 삶의 일부분을 채워주는 소중한 일상이다. 연예들의 음악을 듣고, 영화를 보며 그들이 애써 펼쳐 놓은 이야기에 살포시 함께하고 싶다. 그들의 성공과 행복을 마음 떨리게 기뻐하며, 그들의 어려움에 가슴 아파하고 싶다.

지금 다른 사람과 연애하면 나의 소중한 사람들에게 생채기를 주게 된다. 나의 행복이 다른 사람들에게 불행을 가져다주게 할 수 없다. 하지만, 연예하는 건 그렇지 않으니. 연예하겠다고 당당하게 선언한다. 나는 연애 말고 연예한다.

10글자가 끝나기 전에

화창한 봄날 놀이터에 앉아서 아이들이 노는 모습을 지켜보고 있다. 놀이터를 사용할 수 있는 연령은 초등학생까지. 그 수칙을 철저히 지키느라 벤치에 앉아서 아이들을 쳐다보고 있다. 한쪽 구석에서 철봉을 열심히 하고 계신 할아버지를 제외하곤 놀이터에 어른은 나하나다.

"무궁화꽃이 피었습니다."

"너, 움직였어! 이리 나와"

"아니야~ 움직이지 않았어."

놀이를 하면서 움직였네, 움직이지 않았네 한동안 실랑이를 하다 새끼손가락을 내밀며 개구쟁이 남자아이가 나온다. 같은 놀이를 몇 번째 하는 중인데도 아이들은 서로 지친 기색 하나 없다. 마치 처음 놀이를 한다는 듯이 눈 속이 온통 재미로 가득 찼다.

이모도 끼워준다며 함께 할 수 있는 것을 허락해 주지만, 놀이터 이용 수칙(초등학생까지 이용 가능)을 언급하며 어쩔 수 없이 못 해서 아쉽다고 억울한 듯 이야기한다.

"무궁화꽃이 피었습니다."

10글자의 말이 끝나기 무섭게 술래의 등을 치고 아이들이 달아난다. 수많은 무궁화가 꽃을 피우고 나서야 놀이가 끝을 맺는다. 아직더 놀 수 있다는 듯 에너지를 뿜내는 아이들.

골목에서 이름을 부르는 엄마의 목소리에 점점 화가 묻어나야 집으로 향했던 어린 시절이 떠오른다. 그 시절에는 전우의 시체를 넘고 넘어 앞으로 앞으로 노래를 연신 부르면서 고무줄놀이도 자주 했었다. 별거 없는 놀이에도 시간 가는 줄 모르고 까르륵거렸던 시절.

햇볕을 피하며 놀이터 의자에 앉아 아이들 노는 것을 보고 있으니 아득한 그 시절이 바로 어제인 듯 떠오른다. 내리쬐는 햇볕에 모자도 없이 나가 온전히 밝음을 누리던 날들. 젊음이 젊음의 값어치를 알면 얼마나 좋았을까. 한 뼘 정도 느린 그 깨달음이 마침 아쉽다.

무궁화꽃이 피었습니다. 10글자가 끝나면 놀이가 끝나는 것처럼 나의 젊음도 종점에 다다른 것 같다. 아이를 재우고 기어코 혼자가 된 새벽이면 지나간 어제가 그리워 슬픈 마음에 눈물을 흘리곤 한다. 무엇을 슬퍼하고 아쉬워하는지 정확히 모른 채로.

인생이란 튜브를 타고 바다 위를 떠다니는 것 같다. 몇 번의 큰 파도가 있었지만 그래도 살아남아 물결 따라 흐름에 몸을 맡기고 떠다니다 보니 벌써 무궁화꽃이 피었습니다 놀이처럼 인생의 10글자가 끝나간다. 다시 시작되는 10글자의 주인공이 더 이상 내가 아니다.

시계가 오른쪽으로 몸을 옮기듯, 자연스러운 일인데, 나의 마음만 부자연스럽다. 곱게 빗은 정수리 위로 삐죽 나오는 흰머리들을 세아려 본다. 흰머리 하나하나, 주름 한 줄 한 줄에 의미를 부여해 본다.

"무궁화꽃이 피었습니다."

이번에 다른 아이가 술래다. 10글자가 끝나기 전 달려 나가는 아이들처럼, 나의 인생의 10글자가 끝나기 전에 젊음과 담담하게 이별하고, 아이들의 젊음과 기쁘게 만나리라. 또 다른 만남이 있기에 와야만 하는 이별을 의연하게 맞이할 수 있다. 천천히 잘 가 나의 젊음아. 너로 인해 힘들었고 슬펐지만, 행복했다고 말해본다.

우리 이제, 헤어지자

팔베개하며 아이와 누워있다가 문득 어릴 적 엄마가 팔베개해 준 기억이 떠올랐다. 아이 셋을 낳은 여자답게 팔이 폭신폭신했고 따스했다. 그 따스함을 느끼며 눈이 감길 듯 말 듯 잠에 빠지곤 했다.

'나도 그때는 내 딸들처럼 엄마의 껌딱지였구나.' 새삼스럽게 깨달았다.

엄마와 통화를 하지 않은 지도 벌써 한 달이 넘었다. 의도한 것은 아니다. 하루를 살아가는 것이 아니라 하루를 쳐내고 있는 기분으로 살고 있기 때문이다. 잠깐 생기는 틈에 엄마에게 전화를 걸어 안부를 물을 기운이 없는 것이다.

자식 셋을 키우느라 정신없이 살아가던 엄마는 지금 어떤 시간을 보내고 있을까. 궁금했다. 마음만 먹으면 알 수 있으니, 의무감이 섞인 통화버튼을 눌러본다.

"엄마, 뭐해?"

"응~ 엄마 집에 있지. 바쁘지?"

서로 안부를 묻고 간단히 이야기하고 끊었다. 통화 시간은 채 3분을 넘지 않았다. 나머지 나와 통화하지 않는 수많은 시간 동안 엄마는 무슨 일을 하고 있을지 표현을 피우지 못한 궁금증이 자꾸 싹튼다. 우리를 키우느라 보내 버린 엄마의 젊음에게 미안해서라도 지금 엄마의 시간이 소소하게 행복하길 바라본다.

초등 고학년만 되어도 친구를 더 많이 좋아해서 주말에 친구를 만나느라 부모와 시간을 보내지 않으려 한다고 이야기들을 한다. 주말에 친구들과 삼삼오오 모여 시시덕거리며 놀러 나가는 아이들의 모습을 많이 볼 수 있다. 부모로부터 당연히 독립해야 하는 것인데, 아직 마음의 준비가 안 돼서 그런지 상상만으로도 마음이 저리다.

어쩌면 지금의 나는 자식으로서 독립이 안 된 상태인 동시에, 자식으로부터 독립이 안 된 상태인 것 같다. 고로 그 어떤 독립도 온전히 이루지 못한 상황이다. 부모와 자식의 행복을 걱정하며 더 잘 해주지 못하고 있는 상황을 미안해하고, 나 혼자 잘 지내는 것에는 죄책감마저 들고 있으니 말이다.

왜 죄책감이 드는 것일까? 부모의 행복이 나의 책임이라고 생각하는 것은 아닐까. 어른이 되고 성인이 된 이상 행복의 책임은 스스로에게 있는 것을 텐데 말이다. 내가 지금 느끼는 부모에 대한 미안함을 우리 아이들에게 느끼게 하고 싶지 않다. 자식이 스스로 행복을 찾아가고 죄책감을 느끼지 않도록 나의 행복도 잘 찾아야겠다는 생각이 간절해진다. 나의 행복은 나의 인생의 결과물임을 나도 우리 아이들도 확실히 알길 바란다.

팔베개한 팔이 아파서 조금 움직였더니 아이가 불편하다는 듯 뒤척 이며 팔을 치우라고 이야기한다. 평온한 표정으로 나의 팔을 온전히 차지하더니 불편을 느끼는 순간이 이리 빨리 오다니. 이제 엄마의 팔베개가 편하기는커녕 불편해지는 시기가 오겠구나 싶다. 나의 팔베개를 빼고 등 돌려 잠이 드는 아이를 보니 이제 조금씩 천천히 준비해야겠구나 싶다. 혼자 하는 것이 더욱 많아지고 스스로 성공하는 것들이 많아지는 아이들처럼 나의 독립도 성공하길 바라본다.

그래, 우리 이제 헤어지자.

설렘의 근원

설렘은 어디에서부터 오는 것일까?

이른 아침부터 부산을 떨며 나들이 갈 준비를 하는 아이. 입을 옷은 초저녁에 준비를 다 해두고 늦잠 잘까 이른 저녁부터 침대에 누워 잠을 청하는 모습을 보니, 학교 갈 때와 다른 모습에 웃음이 난다. 아이를 보내고 나서, 오랜만에 남편과 야구장에 가기로 한 날이 오늘이라는 것을 알았다. 신난다? 기대된다? 그런 기분이 들지 않는다.

알지 못했던 것을 아는 것의 기쁨은 무덤덤하게 변하고, 끊임없이 올라오던 배움에 대한 갈증이 점점 사라지는 요즘이다. 이런 마음에 서운한 감정이 들지만 어쩌지 못한다. 아직 마음이 남아있어 떠나보내고 싶지 않은 연인의 옷깃을 놓지 못하는 것 같다.

매일 다니는 곳을 다니고, 매일 만나는 사람을 만나고, 매일 하는 일을 하고 매일 매일 그저 살아간다. 매일 걷던 길을 걸어도 설레던 그 시기의 나는 어디로 갔을까? 나뭇잎 사이로 비추는 햇빛을 보면서도 웃음을 짓던 해맑던 나는 어디로 갔을까?

나를 설레게 한 것들이 무엇이었을까? 설렘의 근원을 찾아보고 싶다.

오전에 영화를 예매해 본다. 잘 보지 않던 슬픈 멜로 영화다. 익숙한 것을 벗어나 새로운 선택을 하다 보면 설렘을 다시 찾을 수 있지 않을까 하는 기대를 해본다.

작년 생일에 친구가 생일 선물로 도자기 만드는 수업을 예약해서 함께 다녀온 적이 있다. "나이가 들면 새로운 경험을 선물하라고 하더라. 그래서 예약했어."

무덤덤하게 이야기하던 친구의 모습을 떠올려본다. 친구도 설렘을 찾고 있었던 것은 아닐까?

나이가 들면 시간이 굉장히 빨리 가는 것처럼 느껴진다. 그 이유 중 하나가 익숙한 곳을 다니고 익숙한 것을 먹고, 익숙한 것을 입는 등 생활에 새로운 것이 별로 없어서라고 한다. 새로운 것이 없으니 집중하지 않고 흘려보내게 되어 시간이 더 빠르게 지나는 것처럼 느껴진다는 것이다.

설렘의 근원이 젊음인 것인지 새로운 경험인 것인지 확실히 모르지만, 지금 내가 할 수 있는 것들을 해보려고 한다. 가보고 싶은 새로운 곳을 검색하고 친구와 약속을 잡겠다. 새로운 옷을 사고, 새롭게 꾸며보겠다. 나가고 싶지 않은 마음이 크더라도 이겨내고 집 밖을 나가리라.

하루쯤은 엉망인 집의 모습을 눈 질끈 감고 모른 척하겠다. 기대보단 귀찮은 마음이 더 크더라도 설렌다고 주문처럼 외우며 잠에 들겠다. 그러다 마법처럼 설렘이 와준다면 그 시간을 온전히 즐기리라.

설렘은 우리의 마음을 살아있게 만들어준다. 삶이 지루하고 흥미가 없는 것처럼 느껴질 때 우리의 삶에 새로운 색을 더해준다. 행복한 삶을 살아가는데 큰 부분을 차지하는 설렘과 오래도록 함께하고 싶어서 그렇게 설렘의 근원과 숨바꼭질을 시작해 본다.

설렘은 어디에서부터 오는 것일까?

내가 선택한 가면

　사람은 다양한 가면을 쓰고 살아간다. 일할 때의 가면, 친한 친구와 있을 때의 가면, 어색한 사람과 있을 때의 가면. 상황에 맞는 적당한 가면을 선택하고 버리면서 살아간다. 나와 잘 맞아서 편안함을 느끼는 가면도 있고 나와 전혀 맞지 않지만 써야만 하는 가면도 있다.

　주로 슬픔이 없을 것 같은 가면을 골라 밖으로 나간다. 세상의 밝음을 모으고 모아 간직한 것처럼 웃으며 길을 걸어본다. 입 주위 경련을 감수해야 하지만 이 가면을 선택한 이유는 대부분 사람이 좋아하고 호감을 느끼기 때문이다.

　처음 보는 사람과도 친한 친구처럼 대화를 나눌 수 있는 성향 덕분인지 성격이 밝다는 말을 많이 듣는다. 반면에 나를 좋아하는 사람들은 우울하거나 어두운 모습을 많이 가지고 있다. 자신과는 반대되는 모습을 간직한 나에게 관심을 표현하곤 한다.

　친구든 연인이든 "난 네가 밝아서 참 좋아."라고 말하는 것을 들으면 한 부분이 씁쓸하다. 나는 밝지 않은데, 밝게 보이는 부분은 정말 일부분인데. 나의 전부를 알게 되면 이 친구가, 연인이, 나를 그대로 바라봐주고 좋아해 줄지 확신이 없다.

보물 상자 안이 궁금해서 애써 열었는데 보잘것없어 실망하는 것처럼 후회, 슬픔, 걱정으로 가득한 나의 내면을 누가 열어볼까 꼭꼭 가면으로 잠가 둔다. 열쇠를 넣어둔 바지 주머니를 연신 확인하듯 가면이 벗겨지지 않았는지 긴장을 늦추지 않는다.

비슷한 경험을 하고 비슷하게 살고 있는 사람들 속에서 우울을 가지게 되는 이유는 무엇일까? 혼자 있는 시간이 되면 시선은 현재에 머물지만, 나의 영혼은 그사이를 참지 못하고 미래로 갔다가 과거로 가곤 한다.

인생을 제대로 살려거든 과거와 미래에 살지 말고 현재에 살라고 한다. 제대로 살고 있지 못한 나는 매번 후회와 슬픔으로 가득한 과거로 가거나 오지 않을 미래로 가서 걱정하고 아쉬워한다.

현재에 살 수밖에 없는 시간은 아이들이 곁에 있을 때다. 아이들을 학교, 유치원으로 보내고 커피 한 잔을 사서 일부러 빙 둘러 집으로 걸어온다. 영혼이 과거로 갈지, 미래로 갈지 결정하고 있는데 빨간색 테두리의 표지판이 눈에 들어온다.

도로 옆 천천히 가라는 표지판의 표시가 자동차를 위한 것이 아니라 나를 위한 것처럼 현재를 천천히 걸어본다. 바람에 흔들리는 커다란 가로수들을 고개를 들어 쳐다본다. 앞에 가는 사람도 없고 뒤따라오는 사람도 없는 순간 가면을 벗고 가면 속 얼굴을 마주한다.

아무 가면 없이 온전히 나를 마주하는 이 시간이 편안하다. 길가의 가로수가 울창한 숲이 되어 아무도 보지 못하도록 나를 감춰준다. 감춰진 순간 나를 숨겨 주었던 수많은 가면이 모두 나였음을 깨닫는다. 그 가면 하나하나와 손을 잡아본다. 손등을 어루만지며 이제 좀 더 솔직해 보기로 다짐한다.

 나 자신에게 솔직할 때 과거로 혹은 미래로 향하던 나의 영혼이 현재에 머물 수 있다. 과거의 후회, 미래의 걱정과 이별하고 용기내 현재와 마주하기로 결심해 본다.

내일의 기대

아이들이 집에 도착할 시간이면 분주해진다. 하원하면 출출해하는 아이들을 위해 간식을 준비하고 킥보드 두 개를 챙겨 유치원 버스가 도착하는 곳으로 향한다. 아이들 입에 추로스를 하나씩 물려주고, 마시기 쉽게 요구르트를 열어주었다. 설탕을 입 주변에 잔뜩 묻히고 먹으면서 함박웃음을 짓는 아이들을 보고 있으니, 그 웃음이 나에게도 왔다. 추로스 한 개를 다 먹고 두 개째를 집어 들면서 아이가 말했다.

"엄마는 어떻게 우리가 좋아하는 걸 잘 알아요? 엄마는 마법사 같아."

정말 궁금하다는 듯이 물었다.

"그거야 너희를 사랑하니까 알지."

나의 대답을 들은 아이가 잠자코 생각하는 것 같더니 말한다.

"나도 엄마를 사랑하니까 엄마가 좋아하는 것이 무엇인지 알고 싶어요. 엄마가 좋아하는 것은 무엇이에요?"

"엄마는 우리 세아와 수아가 제일 좋지."

"우와, 나도 엄마가 제일 좋아요."

"그럼, 사람 말고 좋은 건 뭐예요?"

"음, 엄마는 나뭇잎 사이로 비추는 햇살이 좋아."

아이와 함께 나무가 만들어 준 나무 터널을 지나며 눈을 감아 본 적이 있다. 반짝반짝 해님이 바로 앞에 온 것 같았던 그때가 기억난 듯 세아와 수아의 얼굴에 미소가 번졌다.

"그리고 친구도 좋아. 마음이 통하는 친구들과 이야기를 나누는 것
    이 좋아. 나의 장점을 알아봐 주는 사람과의 만남은 언제나 즐거
    운 법이지."

"내 생각에는 엄마가 노래도 좋아하는 것 같아."

"맞아, 노래 틀어 놓고 엄마가 춤을 추잖아."

세아와 수아가 생각난 듯 서로 바라보며 웃는다.

"맞아, 신나는 노래에 맞춰 몸을 움직이는 것도 좋아해. 귀에 이어
    폰을 꽂고 노래를 들으면 신나는 음악이 내 인생인 것 같아 마냥
    행복해지더라. 산책도 좋아. 날 좋은 날 자연의 소리를 음악 삼으
    면서 걷는 것도 정말 행복해."

아이들과 내가 좋아하는 것, 나를 행복하게 만드는 것들을 이야기 나누다 보니, 우리를 둘러싼 공간이 행복으로 가득 메워진다. 아이를 만나서 혼자일 때 누렸던 많은 행복과 이별했다고 생각했다. 아이와 있어도 여전히 누릴 수 있는 행복들이 이렇게 많았다니. 그걸 다시 깨닫게 해준 것이 아이들이라니.

간식을 양껏 먹은 아이들이 킥보드를 타고 신나게 달리기 시작한다. 아이들의 까르륵거리는 목소리가 5월의 눈 부신 햇살처럼 마음

을 따뜻하게 만든다. 오늘의 웃음이 내일의 빛이 되어 나의 삶이, 우리의 삶이, 행복으로 가득해지길 기대한다.

나는 언제나
따듯하고
싶다

우리 아빠를 소개합니다

박자은

작가 박자은

올 초에 엄마의 이야기로 공동 책을 썼습니다. 이번 공동 책에는 아버지의 이야기를 합니다. 어떤 내용은 달고, 어떤 내용은 맛이 없을 수도 있습니다만, 이야기 끝에는 아버지를 잠시 기억하게 될 것입니다. 자랑하고 싶은 아버지는 부자 아버지가 아니라 사랑이 많은 아버지라고 말하고 싶습니다. 그런 아버지를 가져서 감사하며 행복하게 기록할 수 있었습니다.

인스타그램@jesusloves_jaeun
블로그 날 사랑하심 naver.com/janijana

천국으로 가는 리어카

라면은 감사 조건이다

무릎으로 드는 회초리는 더 아프다

짝짝이 신발을 신어 보셨나요?

아빠 하모니카를 계속 부세요

제자리

나의 아빠, 그들의 목사님

천국으로 가는 리어카

어느 숲에 사는 대왕 호랑이가 아프다 하여 동물들이 병문안으로
모이게 됐다. 아부를 잘하는 마음 고약한 여우는 평소에 미워하던 멧
돼지가 아직 도착하지 않은 것을 알았다. 여우는 멧돼지가 늦은 것은
왕을 무시한 것이라며 부추겼다. 몸과 맘이 쇠약했던 왕은 늦게서야
도착한 멧돼지에게 불호령을 쳤다. 이 상황을 눈치챈 멧돼지는 대왕
의 병환이 걱정되어 의원과 상의하고 처방을 받아 오느라 늦었다고
고한다. 기특하게 여긴 왕이 기뻐하며 처방을 묻자, 멧돼지는 "살아
있는 여우 간을 그대로 먹는 것입니다"라고 했다.

이 이야기는 '남의 눈에 눈물 나게 하면 내 눈에 피눈물 난다'는 속
담을 떠올리게 한다.

아빠도 눈물 나는 일이 있었다. 사업이 어려워지자, 우리 가족은 전
주에서 서울로 올라와 판자촌에서 살다가 겨우 단칸방으로 이사를
했다. 아빠는 새벽시장에서 배추도매업을 했고 엄마는 미용사 일을
했다. 미용사 자격증이 있었지만, 가게를 차릴 여력이 없었기에 고객
집을 방문하며 머리를 해 주는 일을 했다. 엄마가 일하고 돌아올 때

까지 어린 언니들과 나는 집안에서 엄마를 기다렸다.

어미가 먹을 것을 찾아 나선 동굴 안에서 들키지 않으려 숨은 어린 새끼들처럼 그 시간은 길기만 했다. 우리끼리 있다 보니 언니들이 나를 두고 잠시 나가면서 안에서 걸쇠가 잠긴 일도 있었다. 안에서 내가 겁을 먹고 울며 어쩔 줄 몰라 하자 당시 1.2학년쯤 된 큰 언니가 높은 창문에 얼굴을 넣고 침착하게 설명해 줘서 걸쇠를 풀었었다. 엄마는 단속을 피해 조바심 내며 머리를 해 주고도 불법이라 정당한 보수를 받지 못하기도 했었다.

그러던 어느 날 경찰들이 찾아왔다. 주변 미용사들이 알게 되어 신고했던 모양이다. 우리 자매들은 엄마와 경찰 아저씨를 멀찌감치 따라갔고 파출소 안에서 고개를 숙이고 앉아 있는 엄마 모습을 창밖에서 쳐다보고만 있었다. 엄마는 호리호리하고 아담한 몸매에 틀어 올린 머리가 참 예뻤고 청명한 하늘 색깔과 같은 파란 줄무늬 셔츠를 입고 있었다. 푸르러서 밝은 햇살이 빛나던 날 우리 예쁜 엄마는 파출소에 있어야 했다. 엄마의 그런 모습은 어린 내 눈에 이상했고 겁이 났다. 자라면서 이 기억 때문에 엄마를 속상하게 하면 더 미안했던 것 같다.

그 일이 있고 한 달도 못 되어 신고했던 두 미용실이 갑자기 망해서 문을 닫았다. 보통은 이런 경우엔 하늘이 벌을 내린 것이라는 둥 의기양양하기가 더 자연스러울 수도 있는데 아빠는 그렇게 하지 않았다. 훗날 아빠는 본인의 심정을 들려주며 이웃을 미워하면 안 되는 이유를 가르쳤다.

엄마가 가게 없이 숨어서 돈을 버는 것도 안타까운데 파출소까지

가게 되자 마음이 괴로워 많이 울었고, 신고자 들을 원망하고 저주하는 마음마저 생겼다고 했다. 아빠는 그분들의 일을 듣고 가슴이 철렁 내려앉았다고 했다. 아빠가 그런 마음이 있었는지 몰라도 한 번도 우리 귀에 들리게 누구를 험담하고 욕하는 법은 없었다. 미워하고 저주하듯 했던 맘을 두고두고 하나님께 용서를 빌었고 다시는 누군가를 그렇게 미워하지 않겠다고 다짐했다 했다.

어쩌면 아빠는 바보스럽게 보인다. 누가 알아주기나 한다고 마음속까지 지키며 산단 말인가? 이것이 아빠가 사는 방식이었다.

"유 후~!"

그러잖아도 흥이 많은 아빠가 리어카를 밀며 목소리를 높였다. 6살짜리 어린딸을 리어카에 태우고 34살의 젊은 아빠는 신바람이 났다. 그때까지의 기억으론 놀이동산을 가본 적은 없지만 긴장감 도는 흔들림과 가끔 덜커덩거리는 리어카를 타는 재미에 상기되어 심장도 팔딱거렸다. 아빠가 뭔가에 한 것 부푼 이날은 드리어 이사하는 날이다.

우여곡절을 지낸 그 집에서 나와 가게가 딸린 집으로 이사를 하게 된 날 아빠는 기쁨을 숨길 수가 없었다. 살던 곳에서 멀지 않은 곳이라 작은 짐은 리어카로 실어 옮겼다. 단칸방이라 옮길 살림살이도 별로 없었다. 이사 가는 길이 황금꽃 길인 양 아빠 발은 춤을 추는 것 같았다. 걸쇠가 잠겨 자식들이 우는 일이 없고 아내가 일하면서 눈치 보는 일이 없게 될 새집은 아빠에겐 마치 천국 같았을 것이다.

살아보려고 애쓰다 보니 법 앞에 고개 숙인 일을 만났었지만, 우리가 갚은 것도 아닌데 결과적으로 상대는 우리의 눈물보다 더 아픈 눈물을 흘렸다. 그리고 이 사건으로 자녀들에겐 미워하지 말라고 가르친 아빠가 참 멋있고 근사하다.

"꽉 잡아! 달린다!"

두꺼운 쇠 난간을 꽉 잡은 작은 손가락 끝이 하얗게 됐다. 아빠 얼굴을 올려다보았다. 아빠 머리 위로 파란 하늘이 바다처럼 펼쳐졌고 하얀 구름은 마도로스의 모자처럼 반짝거렸다. 아빠 미소에서 바다 향기가 났다. 나는 하나도 무섭지 않았고 계속 웃음이 터져 나왔다. 아빠와 나의 웃음소리는 하늘 높이 꽂은 닻이 되었고 어떤 풍랑도 두렵지 않은 선장은 키를 잡듯 리어카를 잡았다. 우리의 리어카는 계속 달려갔다. 천국을 향해서…….

라면은 감사 조건이다.

라면 때문에 가슴이 무너진 일이 있었다. 내가 7살쯤 되었을 어느 추운 겨울밤, 아빠가 한 남자를 데리고 집으로 들어왔다. 아빠 뒤를 따르는 시커먼 사람을 보고 놀란 언니들과 나는 도망치듯 방으로 들어갔다. 우리 집은 미용실을 하고 있었다. 아빠가 공동으로 쓰는 화장실 앞에 앉아 있던 아저씨를 발견하고 데려온 것이다. 아빠는 그 아저씨에게 친절하게 대했고 엄마에게도 도움을 청했다. 나는 엄마 뒤에 바싹 붙어서 살짝살짝 훔쳐 보고만 있었다.

미용실 안에 찌릿한 냄새가 나는 것 같기도 하고 흙냄새가 나기도 하는 듯하다고 느껴질 때 아저씨의 외모가 곁눈질에 들어왔다. 찰흙을 발랐던 걸까 털 뭉치처럼 보이는 머리와 언 듯 언 듯 보이는 검은 얼굴은 이목구비를 구분하기가 어려웠다. 나는 얼굴빛 때문에 무섭다는 생각만 하고 있었다. 찌든 옷소매에 검은 윤기가 흐르고 추워서 웅크렸는지 등이 굽어 있었다. 당시에는 거리에 이런 사람들을 간간이 볼 수 있었다. 흉측하고 위협적이라고 느껴서 피해 다녔던 그런 사람들을 '거지'라 고 불렀었다. 그러니까 내 눈에 이 아저씨는

'거지'였다.

'도대체 아빠는 왜 이 아저씨를 집으로 데리고 왔을까?'

아빠는 그 아저씨에게 나이와 고향 등을 물었고 이런저런 질문을 했다. 아빠가 수상해서 캐묻는 것이 아니라 도와주고 싶어 한다는 것을 알았는지 아저씨의 얼굴에 미소가 지어졌다. 그제야 아저씨가 위험하지 않겠다는 생각에 안심했다.

"여보! 가서 라면 좀 한 3개 사와요"

아빠의 말에 귀가 번쩍 뜨였다. 라면은 우리 집에서 짜장면만큼이나 귀한 음식이었다. 아빠의 이 한마디는 어린 우리 자매들에게 기대감으로 흥분시키는 말이 아닐 수 없었다.

빠르게 가게에 다녀온 엄마는 금세 노란 양은 냄비에 라면 3개를 끓여 내오셨다. 세상에서 가장 황홀한 냄새는 아저씨가 가지고 들어온 냄새를 밀어내고 미용실 안 어느 한구석도 빼놓지 않고 듬뿍 발라 버렸다. 뿌옇게 피어오르는 하얀 김이 아저씨 얼굴을 가리며 올라가는 모습은 마치 램프의 요정에게 소원을 빌자 '펑' 하고 나타난 선물처럼 보였다.

아저씨 얼굴은 양은 냄비와 점점 가까워졌고 잘 보이지 않았다. 젓가락에 수북하게 담아 올린 면발이 보였다 사라지기를 반복하고 후르르 마시듯 들이키는 소리가 계속 이어졌다. 나는 입안에 고인 침을 꿀꺽 삼켰다. 눈이 마주칠 까봐 아저씨 쪽을 보지 않으려 했지만, 자꾸만 쳐다보게 됐다. 엄마를 졸라 조금 덜어 먹을 수 있게 해 달라고 할 까 하는 생각을 하기도 전에 라면 3개가 사라졌다. 마지막 국물을 들여 마시는 아저씨 얼굴이 냄비에 가려졌다. 기대한 만큼 가슴에서 '쿵' 소리가 났다.

아빠는 연신 친절한 말씨로 눈을 맞추며 아저씨와 이야기를 나누었고 가끔 손으로 어깨나 등을 토닥거리기도 했다. 아저씨가 고맙다는 듯 몇 번 고개를 숙인 후 집을 나갔다. 아빠는 뭔가 생각나신 듯 방으로 가서 겨울 잠바를 들고 따라 나갔다. 나는 아저씨가 나가고 나서야 움직일 수 있었다. 우리 자매들은 원래부터 아무것도 없었던 것 같은 라면 냄비만 쳐다보았다. 형체 없이 실존하는 라면 냄새는 그림의 떡보다 더 원망스러웠다.

아저씨를 따라 나갔던 아빠는 시간이 좀 흐른 뒤에 돌아왔다. 손에 잠바를 들고 작게 숨을 몰아쉬는 아빠 몸에서 찬 기운이 느껴졌다. "금방 어디로 갔을까? 큰길까지 가봤는데 안 보이네 추워서 잠바를 주려고 했더니……."

아빠는 사라진 아저씨의 행방을 걱정했고 잠바를 주지 못하고 보냈다며 안타까워만 했다. 어려움에 처한 사람을 형편에 넘치게 대접하고도 아쉬워하던 아빠였다. 나는 라면이 훨씬 더 아쉬웠다. 그때 먹지 못해 다신 입맛이 두고두고 혀끝에 남았다.

라면은 이제 우리 생활에 기호식품이 되었고 먹고 싶으면 언제든지 다양하게 골라서 넘치도록 먹을 수 있게 되었다. 현재 우리나라는 220개 종의 라인업과 세계 최고의 판매량을 이루는 라면 종주국이 됐다.

가족들이 둘러앉아 지난날의 에피소드를 풀어 놓을 때면 자주 거론되는 소재는 거지 아저씨와 라면이다. 그 당시 라면을 얼마나 먹고 싶었는지 상기하며 한바탕 웃다가 지금은 넘쳐나서 누리는 감사

조건들로 이야기꽃을 피운다.

아빠는 라면을 주진 못했지만 우리 형제들에게 항상 감사하는 마음을 주셨다. 그리고 그것은 미리 주신 당신의 유산이 됐고, 살아가는 데 필요한 자양분이 되었다.

냄비에 물을 받아본다. 그 옛날 간절히 먹고 싶던 라면 맛을 기대하면서…….

무릎으로 드는 회초리는 더 아프다.

 매를 맞았다. 아빠가 처음 회초리를 들었다. 왜 맞았는지 오래전이라 분명하지 않지만, 큰언니와 내가 다투었던 것 같다. 한창 미운, 7살이었을 내가 큰언니에게 이기려는 마음을 먹으려고 했겠고 큰언니가 봐주다가 약이 올라서 일이 벌어졌을 게 뻔하다. 아빠는 형제끼리 우애 있게 지내라고 늘 가르쳤는데 이번만큼은 회초리를 써야겠다고 여겼나 보다.

 큰언니와 나의 잘못임에도 상관없는 둘째 언니까지 함께 맞았다. 형제는 다 같이 동고동락해야 한다는 아빠의 철학으로 셋이 똑같이 맞았다. 아빠는 세 대를 때리겠다고 알려줬다. 어린 여자아이들의 종아리라 힘껏 치진 않았겠지만, 첫 번째 맞은 매에 몸이 앞으로 휘청거렸다.

"똑바로 서!"

 아빠의 불호령에 다시 자세를 고쳐 잡고 맞을 준비를 했다. 전기처럼 찌릿한 아픔도 아픔이지만 뒤쪽에서 시작되는 신호 없는 내려침은 보이지 않아 더 아팠다. 이어지는 두 번째 매의 통증이 사라지기 전, 한 대가 더 남았음을 깨닫고 발을 동동거리며 아픔을 참는다. 마침내 세 번째 매가 끝났다. 손으로 연신 종아리를 쓸고 눈에선 구슬 같은 눈물이 또르르 떨어졌다. 서러운 눈물이다. '그래도 그렇지 너무해'하며 내 살이 아픈 것에 몰입되어 아빠의 이어지는 훈계는 섭섭하고 야속하기만 했다.

"자! 이제 이 회초리를 여기 둘 거야 이걸 볼 때마다 생각해! 왜 맞았는지"

액자 위에 보란 듯이 올려놓은 회초리를 셋이 쳐다보며 고개를 끄덕였다. 그것은 효과가 있었다. 놀다가도, 밥을 먹다가도 회초리를 보면 아빠 말이 생각났다. 우리 형제에겐 진심으로 우러난 우애가 아니어도 다툼을 멈추는 이유가 됐다.

모두 손 잡고 무릎을 꿇게 한 후 아빠도 같이 무릎을 꿇었다. 어른이 되어 가면서 이 순간은 내겐 절대 잊을 수 없는 장면이다. '아빠도 잘 못 했어'라 고 말하는 것 같았다. 부모가 자식들과 같이 무릎을 꿇는 모습은 그 자체가 교훈이며 깊은 훈계다.

아픈 종아리와 허벅지가 맞닿아 더 따끔거렸다. 아빠가 선창하면 따라 하라며 기도를 시작했다. 한 번 터진 울음이 잘 그치지 않아 흐느끼는 소리를 섞어가며 아빠가 시작하는 기도를 따라 했다. 우리가 잘못 행동한 것을 돌이키고 다시는 그러지 않겠다고 다짐했다. 아빠가 읊어주는 내용을 따라 말하다 보니 마음속에서 뉘우침이 일어났고 큰 언니 탓하며 아픈 것에만 집중했던 마음이 사라져 갔다.

인생을 살다 보면 '매를 맞나?' 하는 순간이 온다. 열심히 살았던 것 같은데 뭔가 막히고 힘들 때 그런 생각이 든다. 내겐 열심히 살아보려 발버둥 쳐도 반복되는 재정적 쪼들림 때문에 누군가 내게 회초리를 휘두른다고 여길 때가 있었다. 사업 실패로 어려웠던 부모가 어느 정도 안정될 때까지 배우는 일을 스스로 해결했고 결혼 후에도 환경적 어려움이 몰아치는 시간이 있었다. 그 시간이 회초리를 맞을 때처럼 조금이라도 덜 아프면 좋겠고 빨리 지나가 주길 바랐다. 어릴 때처럼 '내가 뭘 그리 잘못 했다고……' 하며 하늘을 우러러 원망하기도 했다.

그렇지만 결국 자세를 세워 두 번째 매를 기다릴 때처럼 정신을 차렸다. 바르게 서서 맞지 않으면 매가 치우쳐서 한쪽으로 아픔이 쏠리듯 계속 잘못되기 때문이다. 똑바로 종아리를 맞자고 바르게 했던 것처럼 원망을 멈추고 마음을 잡았다. 삶이 주는 회초리를 잘 맞았고 굳은살이 생기는 성숙함도 얻었다.

요즘은 학교 내의 직접적 체벌과 가정 내 체벌도 금지되었고 스웨덴은 체벌 금지뿐만 아니라 폭언도 용납하지 않고 있다고 한다. 체벌에 대한 찬반 의견도 팽팽하다.

사회적 분위기가 어떠하든 나는 자녀들의 잘못을 돌이키려 함께 무릎 꿇어준 아빠의 훈계를 기억한다. 살면서 매를 맞는 것 같다고 생각되면 잠시 멈추었다. 회초리를 잘 보이는 곳에 놓아두고 볼 때마다 생각하라고 당부받을 때처럼 교만했던 마음은 낮아졌고 겸손을 배웠다.

아빠는 매 맞은 자리에 약을 발랐다. 아빠 손끝이 회초리 자국을 지우고 싶은 듯 한참 종아리 위를 오갔다. 90세 어머니가 70이 넘은 아들을 훈계하느라 회초리를 쳤는데 아들이 매를 맞으며 눈물을 흘렸다. 아들이 눈물을 흘린 것은 종아리가 아파서 운 것이 아니라 어머님의 회초리가 예전처럼 아프지 않아 울었던 것이라는 이야기를 알고 있다. 70이 넘은 아들이라 해도 잘못하면 회초리를 들고 어머님이 때리면 종아리를 걷어 올릴 줄 아는 늙은 아들의 예화가 새삼 가슴 아리게 다가온다.

어느새 80을 넘긴 아빠는 다 큰 자식들을 때리진 않는다. 하지만 여전히 새벽마다 기도의 무릎을 꿇는다. 그것은 당신의 자녀들에게 보라고 당부하는 회초리 같다. 혹시 내가 정말 잘못 했을 때 내게 회초리를 치신다면 이번엔 감사하면서 맞아 볼 참이다.

짝짝이 신발을 신어 보셨나요?

　신데렐라의 유리 구두가 저렇게 생겼을까? 한눈에 봐도 눈에 띄는 근사한 구두가 신발장에 있다. 어린이집을 하원 하는 유아에게 신발을 신기면서 액세서리가 망가질까 신경이 쓰였다. 다이아몬드처럼 크게 빛나는 장식이 중앙에 있고 주변에 작은 액세서리들이 둘려져 대열을 이루는 모습이 흡사 여왕님의 대관식 같았다.
"우와~ 우리 주희 신발이 참 멋지구나! 누가 사주셨어요?"
이런 구두를 신고 왔는데도 교사가 아무 반응이 없기는 쉽지 않다. 의례적인 것이 아니라 진심으로 그 신발에 대한 사연을 알고 싶었다.
"네~이모가 생일 선물로 사줬어요~"
　예쁜 신발을 신어서 인지 아이는 더 공손하게 배꼽인사를 하고 돌아갔다. 평소보다 기분이 좋아 춤을 추듯 스텝을 밟으며 갔다. 선물 받았을 때보다 신고 다닐 때의 기분이 더 상기되었을 아이 뒷모습을 잠시 지켜보게 됐다.

나도 그런 신발이 있었다. 밖에서 들어오는 부모님의 손에 우리를 주려고 뭔가 들고 오는 모습 자체는 언제나 어린 자녀들의 로망이다. 그것이 무엇이 됐건 받을 것이 있다는 건 마냥 좋다. 아빠가 포대를 쏟았다. 빨간 운동화와 리본이 달린 샌들들이 쏟아졌다. 그동안 보지 못했던 디자인의 색감과 재질에 눈이 핑핑 돌았다.

아빠가 언니들 것과 내 신발들을 동시에 사 오신 것도 놀랄 일이었다. 바로 위에 언니 신발을 물려받아 신었었기에 새 운동화, 그것도 빨간 운동화는 우리 자매들을 흥분시켰다. 각자 자기 크기에 맞게 신을 신고서 좋아했다. 이리저리 걸어 다니며 기분이 좋아서 폴짝폴짝 뛰어다녔다. 그런데 한쪽 발에 불편함이 느껴졌다. 거꾸로 신었나 싶어 다시 벗어서 바꾸어 신어보았다. 여전히 한 쪽 발이 불편했다. 또 바꾸어 신었는데 역시 편하지 않았다.

"아빠 신발이 이상해 짝짝이 같아!"

"하하하! 이게 요즘 최신 유행 이래 독특하게 만들어져 나온 거라 그래"

우리는 아빠 말을 믿었다. 정말 이런 디자인으로 나온 신발이 있을 수도 있고 또 아빠가 그렇게 말했으니까 정말 최신 유행일 거라고 믿어 의심치 않았다.

나는 학교 갈 때나 교회 갈 때 언제나 신고 다녔다. 누가 봐주기를 바란 듯 괜히 한 번씩 폴짝 뛰어보며 신발을 의식하기도 했다. 달리기를 꽤 잘했던 나는 동네 아이들과 달리며 놀 때마다 한쪽 발의 불편함을 감수하면서 달렸다. 가끔 뜬금없이 벗겨지던 한쪽 신발을 다시 신기를 반복하기도 했다. 시간이 지나자, 새 운동화였을 때 빳빳

하게 정체성을 보이던 신발도 점점 포기를 하고 무뎌져 주었다. 그 래서 한 참 더 신었었다. 나중에 커서야 아빠가 짝짝이 신발을 원가 의 20%에 사 왔다는 것을 알았다.

 이제는 시대가 변해서 양쪽 신발 색이 다른 짝짝이 신발이 적지 않 은 액수로 판매되고 있다. 실제로 나이키 짝짝이 신발이 (에어조던1 골드 3) 온라인에서 1백26만 원의 고가로 거래되기도 한다. 짝짝이 신발도 보란 듯이 유행의 한 부분을 차지하고 있다.

 아빠는 긍정적인 사람이었다. 짝짝이 신발이 최신 유행이라고 할 만큼. 저우광위의 저서 '논어로 리드하라'라는 책에선 낙천적이고 긍정적인 사람이야말로 진정으로 아름답고 부유한 사람이라고 했 다. 아빠가 사실대로 말해 주었다면 창피해서 신발을 신지 않았을 것이다. 나는 빨간 짝짝이 운동화를 좋아했다. 짝짝이 신을 신고 있 었지만, 아빠의 긍정으로 인해 자신만만하게 진정한 부유함을 누렸 다.

 '비관론자들은 모든 기회에 숨어 있는 문제를 보고, 낙관론자들은 모든 문제에 감추어져 있는 기회를 본다'라는 데니스 웨이틀리의 말 은 이 시점에서 적절하다는 생각이 든다.

 아빠는 신발을 사줄 수 없는 형편을 보지 않고 즐겁게 신을 기회를 만들었다. 아빠 덕분에 나는 나만의 성대한 대관식을 열며 살아 올 수 있었다. 그래서 오늘도 힘차게 뛸 수 있다. 그 옛날 짝짝이 신발 을 신고 높이 뛰던 것처럼. 폴짝!

아빠 하모니카를 계속 부세요

아무리 입술을 모아 힘을 주어도 소리가 나지 않았다. 소리만이라도 날 수 있었으면 좋겠는데 그게 그렇게 쉽지 않았다. 도대체 아빠는 어떻게 휘파람을 잘 부는 걸까? 휘파람을 부는 모습도 멋있었다. 아빠는 휘파람으로 좋아하는 찬송가 곡조를 자주 불었고 나는 그 소리가 좋았다. 그런 아름다운 소리를 입으로 낼 수 있는 아빠가 몹시 부러웠다.

얼마 전 우연히 휘파람을 부는 황보서 씨 이야기가 TV에 방영된 것을 보았다. 휘파람 세계대회에서 1등을 했고 잠깐 들려주는 소리에 매료되어 인터넷을 검색했다. 휘파람에도 악기 연주처럼 여러 기교가 있었다. 레가토, 비브라토, 스타카토, 윈드커트, 트레몰로를 사용하면서 표현 방식을 다양하게 쓴다는 설명을 들을 수 있었다. 대회 참가자들은 휘파람 연주를 하는 이유를 묻는 인터뷰에서 언어 장벽 없이 소통하는 것이 좋아서라고 이유를 밝혔다. 어떤 이는 오르골과 같이 또 다른 이는 탭 댄스를 추며 휘파람 장단을 맞추기도 했다.

한 대학에서 음악을 가르치는 모 교수는 어릴 때 홍역을 앓고 난 후유증에 좋은 소리 내는 것이 어려워 휘파람을 불게 되었다고 했다. 악기로도 연주가 어렵다는 '터키행진곡'을 휘파람으로만 다양한 오케스트라 소리를 내며 연주해 냈고 관객들은 감격의 박수를 보냈다. 사람들이 휘파람을 통해 각자의 사연과 이야기를 담아 풀어내는 것 같다.

아빠는 입으로 휘파람 소리를 낼 수 있을 뿐 아니라 양 손바닥을 이용해서 '뿍뿍' 타악기 같은 소리도 냈다. 계란을 쥐듯 주먹을 쥐어 서로 치기도 하고 엄지와 중지를 어긋나게 밀어 '똑똑' 맑은소리와 함께 일명 '손 박자'를 맛깔스럽게 냈다. 마치 여러 악기를 혼자 두드리는 달인과도 같은 모습이었다.

어쩌면 아빠 세대에 마음속 흥을 표현하던 하나의 형태였겠다 싶다. 사람들은 소리로라도 마음을 표현하고 싶은지 모른다. 얼마나 행복한지, 어떻게 아픈지, 어느 만큼 힘든지 언어로는 속을 다 보일 수 없기 때문이다. 때로는 악기로도 표출한다. 소리가 주는 빠르기 와 강약, 음색 안에 자신을 담고 싶어 한다.

아빠도 하모니카를 불었다. 하모니카 연주를 가끔 들려주셨는데 악보 없이 몇 번 소리를 내보고는 바로 부는 것이 마냥 신기했다. 하모니카는 아빠가 젊었던 시절 그 시기를 사는 젊은이들에게 반려 악기 같았다. 통기타를 배우는 비용과 시간에 비해 하모니카의 선율은 선택할 수밖에 없는 충분한 매력이 있다. 아빠가 두 손으로 하모니카를 바싹 움켜잡은 모습에서도 아빠 내면의 간절함이 보인다.

　아빠한테서는 호두 굴리는 소리도 났다. 아빠는 걸음이 빨랐다. 아빠를 따라 걷다 보면 나는 늘 뛰어야 했다. 걸음이 빠르다고 엄마가 언급하면 그제야 잠시 몇 발짝만 멈출 뿐 다시 앞서서 저만치 먼저 걸어갔다. 내가 빠르게 달려서 앞선 아빠의 팔뚝 위에 손을 얹으면 아빠의 호주머니 안에서 '오도독오도독'하고 소리가 새어 나왔다. 두 개의 호두 알을 한 손으로 쥐고 자리를 바꿔가며 돌리면 호두가 마찰하면서 소리가 났다. 나는 아빠가 장난감처럼 가지고 노는 것처럼 보였다.
"아빠 호두는 왜 가지고 놀아?"
"음…… 생각하느라"
　아빠는 흥이 많고 감성이 풍부했다. 젊었을 때는 가수가 되고 싶었다고 했다. 음악을 좋아한 아빠 때문에 우리 집에 TV가 생기기 전에는 카세트를 통해 찬송가, 골든 팝송, 명곡 경음악 등의 음악을 계속 들을 수 있었다. 아빠는 노래하는 것을 좋아했기에 교회 행사 때는 하모니카로 때론 손 박자로 노래하며 장기자랑을 했다. 어린이 예배 때 담당 부장이었던 아빠가 온몸으로 들려주는 성경 이야기를 들려주면 인형이나 그림 등 시청각 자료가 없이도 아이들은 숨이 넘어갔다.
　그렇게 끼가 많고 솜씨와 재주가 좋은 아빠는 생각도 많았나 보다. 두 개의 호두 알이 무뎌져 소리가 나지 않을 때는 새로운 호두로 바뀌었다. 아빠가 생각하는 시간과 깊이만큼 호두 알이 닳았다. 사업이 뜻대로 안 돼 부모님과 처자식을 한 번에 서울로 데려올 수 없었던 시간, 그러는 사이 잃어버린 꿈, 앞으로 헤쳐가야 할 책임들…….

아빠는 우리랑 같이 걸어가면서 소통하는 것보다 더 집중해야 할 것이 많았던 거다.

몇 해 전 교회 행사 때 연습이 부족했다고 말씀하시면서 하모니카로 찬송가 연주를 하셨다. 오래된 낡은 것이라 그랬겠지만 예전에 듣던 힘차고 맑은소리가 아니었다. 연주 동안 거친 숨소리가 섞여 들렸다. 팔순을 맞는 노인 목사의 폐활량과 맞물려 당신이 살아온 인생을 연주하는 것 같아 가슴과 눈이 동시에 요동쳐졌다.

아빠에게서 들을 수 있었던 하모니카 소리는 아빠의 마음들이었다. 즐겁고 행복할 때도, 힘들다고 말할 수 없었던 때에도, 가수의 꿈 대신 하모니카를 잡았을 때도 아빠는 당신의 이야기를 하고 있었다. 아빠가 자신만의 이야기를 계속 이어갈 수 있도록 새 하모니카 하나를 봐 두어야겠다.

제자리

    나는 제자리에 두는 일을 잘 못했다. 어려서는 그런다고 하더라도 성인이 되어서도 조금 나아졌을 뿐 습관이 잘 고쳐지지 않았다. 사용한 물건을 가져다 두어야지 하는 생각도 잠시 어느새 다른 일을 보다가 제자리에 두는 일을 잊어 버렸다.

    물건을 제자리에 잘 두고 쓰는 사람들이 있다. 아빠가 그랬다. 언제나 제자리에 두었고 그 자리에 없으면 찾아서 가져다 놓았다. 우리 형제들이 주로 지적받은 것은 가위나 손톱깎이 등 공동으로 사용하는 비품들을 제자리에 놓지 않았을 때였다.

" 언제고 제자리에……"

    훈육할 때 아빠는 입술에 잠시 힘을 주고는 더 길게 말하지 않고 참았다. 자식이 5명이나 되니 하나씩만 어질러도 입술 주변 근육이 경직될 만했을 것 같다.

    어느 날, 아빠가 손톱깎이를 찾았는데 제자리에 없었다. 아빠는 사용한 사람이 누군지 한 명씩 물었고 우리 형제들은 서로 자기가 아니라고 잡아떼기에 바빴다. 입술에 힘을 주던 아빠가 눈에 힘을 주기 시작했다. 아빠는 화를 잘 내지 않지만, 눈에 힘을 주고 훈육하면 눈물이 날 정도로 무서웠다. 우리 형제들은 쏟아지는 구슬처럼 손톱깎이를 찾아 흩어졌다. 짧은 시간 만에 범인은 못 찾았지만, 손톱깎이는 제자리를 찾았고 상황은 급히 마무리되었다. 물건 둘 곳이 마땅하지 않은 환경과 뒤돌아서면 잊어버리는 자식들 때문에 제자리 훈육은 다람쥐 쳇바퀴 돌 듯 무한 반복됐다.

나도 어린이집 교사로서 유아들에게 정리 습관을 무한반복 하며 지도한다. 놀이를 마치고 제자리에 정리하는 일은 기본생활 습관뿐 아니라 공동생활의 안전과 질서에 무척 중요하다. 오죽하면 놀잇감 정리를 하며 부르는 '정리송'이 있을 정도다. 우리 형제들에게 '정리송'이 있었다면 아빠가 좀 덜 힘들었을까?

아빠는 잠자는 시간에도 '제자리'를 읊었다. 단칸방이 너무 좁아 일곱 식구가 자려면 우리 형제들을 차례대로 눕혀 놓아야 했다. 이 끝에서 저 끝까지 가구 사이에 5명이 누우면 딱 맞았다. 퍼즐을 맞추듯 한 명씩 이름을 불러 제자리를 잡아 주었다. 아빠는 모두 눕히고 나서 하루를 무사히 마친 것에 대한 감사 기도를 했다. 모두가 잠들어서 이리저리 섞이고 엉키면 비로소 엄마의 잠자리가 생겼다. 엄마가 왜 앉아 있었는지 그때는 잘 몰랐다.

아빠는 가족도 제자리에 두고 싶어 하셨다. 가족에 대한 애착이 컸는데 그도 그럴 것이 아빠가 10살쯤 되었을 때 아빠는 아버지를 잃었고 제가 한 어머니와 헤어져 거의 고아처럼 친척 집을 전전하며 살았기 때문이었다. 아빠는 우리 가족이 다 같이 밥을 먹을 때나 함께 있는 자리에 한 명만 없어도 이유를 확인했다. 그리고 "하나만 없어도 허전하다"고 말했다. 같이 있는 네 명보다 제자리에 없는 한 명에게 마음을 더 썼다.

아빠는 자식들이 흩어지지 않고 가까이 모여 살기를 바랐다. 부모가 죽고 나서도 형제간에 우애 있게 지내며 서로 돌아보라는 당부를 누차 했다. 아빠가 가족 없이 힘들게 살아왔기에 자식들이 아빠 곁에서 제자리를 지켜주면 좋겠다고 여긴 것 같다. 그래서일까 지금도 우리 형제들은 우애가 깊고, 가까이 살며, 자주 부모를 만나는 환경에 있다. 아빠가 물건들뿐 아니라 본인의 가족도 제자리에 두고 잃지 않으려고 애착했기 때문이다.

제자리에 있어야 할 것은 세상에도 많다. 세포 내의 염기 서열도 제자리에 있을 때 건강한 몸 상태가 되고 자리가 바뀌거나 제 자리에 있지 않으면 각종 유전성 질환을 앓게 된다. 또한 우주에서는 수천억 개 이상의 행성들이 제자리에 있지 않으면 대충돌을 일으키게 된다. 눈에 보이지 않는 세포부터 너무 방대해서 눈으로 다 볼 수 없는 우주까지 저마다 제자리에 있을 때 비로소 안정된다. 사람도 주어진 자리에서 자기 본문을 다 할 때 아름답다. 부모와 자녀가, 남편과 아내 스승과 제자가 그렇다. 또한, 공직자는 공직자로 노동자는 노동자로 본인들의 자리를 제대로 지키는 성실함이 있을 때 공동체가 성장할 수 있다.

나는 요즘도 종종 소지품을 찾는다. 우리 부부가 수영을 배우는 체육관 사물함 안에 핸드폰을 두고 온 일이 있었다. 다시 돌아가야 했고 마침 습득한 분이 안내 데스크에 맡겨주는 배려로 찾을 수 있었다. 그 뒤로도 두 번이나 같은 일이 있었다. 스스로 생각 해도 너무하다 싶다.

그래도 나는 아빠가 제자리에 있다. 물건을 제자리에 두라고 당부하고, 잠자리에 자리를 잡아 주며 '아빠'라는 자리를 지켜준 그 아빠가 있다. 아직도 물건을 잃어버려 찾고 다니는 말 안 듣는 딸이지만 그 딸을 위해 기도하는 아빠가…….

나의 아빠, 그들의 목사님

아빠는 사업이 어려워진 후 가족을 부양해야 하는 무척 힘든 순간에 신앙생활을 시작했다. 성도들과 교회의 도움으로 신학을 공부했고 43살의 늦은 나이에 목사가 되었다.

아빠는 가족들보다 다른 사람을 더 살폈다. 아빠가 교회 어린이부 부장으로 봉사 하던 시절이었다. 우리 세 자매는 교회에서 모범이었고 출석률과 성경 암송 성적이 좋았다. 늘 종합 우승감이었다. 하지만 막상 시상식 때는 언니들과 내게 각 학년에서 3등을 주고 다른 아이들에게 1.2등을 수여했다. 아빠는 본인 자녀들이 1등을 다 휩쓸어 다른 아이들과 그 부모들에게 상실감을 줄까 봐 우리를 희생시킨 것이었다. 훗날 아빠가 잘못 판단했다고 말했지만, 당시엔 아주 서운했었다. 우리는 자매들은 어렸으니까…….

우리 집 다락방엔 커다란 빨간 돼지 저금통이 있었다. 아빠는 새벽에 배추 도매 장사를 하며 남은 동전들을 무조건 저금통에 넣었다. 일하고 집으로 오자마자 다락방으로 올라가면 동전 떨어지는 소리가 한참 났다. 내 품에 다 안길 만큼 커다란 저금통이 다 차면 그 돈으로 생활비와 베푸는 일에 쓰고 다시 새 저금통을 사 왔다.

담임 목사님 댁에 먼저 선풍기를 사드리고 나서 돈을 더 모아 우리 것을 구입했고 TV도 그렇게 했다. 성도들의 쌀독을 살피고 그들의 가족을 돌아봤다. 그렇게 하려고 태어난 사람처럼 아빠는 왠지 신나고 행복해 보였다. 아빠는 사람들이 천직이라고 말하는 사명의 일을 위해 목사가 되었다.

목사가 된 후에도 한 사람 한 사람을 귀하게 여겼다. 교회청년부 중 거처가 어려운 몇 명은 우리 집에서 먹이고 입혔다. 우리 형제들은 그 틈에 묻혀 살았다. 엄마를 시켜 자취생들의 김치를 담가 주고 밑반찬을 살뜰하게 챙겼다. 성도들이 이사 할 때, 입원할 때, 각종 애 경사에 진심으로 내 일처럼 돌보았다. 노숙인의 신분을 회복해 주고 신용을 얻어 새롭게 살도록 뛰어다녔다. 사람들이 윤택해지며 믿음의 삶으로 나가도록 인도했다.

그들이 성숙해지고 살아가는 데 용기와 힘이 생기도록 돕고 영혼까지 책임지려는 나의 아빠는 그들의 목사님이었다. 아빠의 사랑 방법은 한쪽을 희생해서라도 다른 한쪽을 살리려 했고 그 희생양은 든든히 믿고 있는 가족이었다.

칠레의 산속 늪지에는 '리노데르마르'라는 특이한 작은 개구리가 산다. 알을 낳을 때가 되면 이 개구리의 암컷은 젤리 같은 물질에 싸인 알을 낳는다. 그 순간 옆에 있던 수컷이 알을 모두 삼켜버린다. 먹이처럼 완전히 삼키는 것이 아니라 식도 부근에 있는 자신의 소리

주머니에 그 알들을 소중히 간직한다. 그리곤 그 알들이 성숙할 때까지 자신을 온전히 희생한다. 수컷 개구리는 알들이 완전히 성숙해지기 전까지는 결코 입을 벌리지 않는다. 자신의 존재 이유이며 중요한 쾌락인 우는 것을 포기한다. 소리주머니에 있는 새끼들의 안전을 위해 먹는 것까지도 포기한다. 어느 날 알들이 완전히 성장했다고 판단되면 비로소 개구리는 자신의 입을 벌려 마치 긴 하품을 하듯 새끼 올챙이를 입에서 내보낸다. 이 개구리의 일생은 아빠와 닮았다.

아빠에게도 한 사람이 성장할 때까지 사랑하고 본인을 완전히 희생하는 사랑의 힘이 있다. 그 힘은 오랜 세월 아빠를 목사로 살 수 있게 했다. 아빠가 마지막까지 사랑하고 책임지는 사람은 아내다. 80대 노인 목사가 알츠하이머 부인을 위해 요양보호사 자격증을 어렵게 땄다.

10여 년 전 아내를 위해 운영하던 독서실을 닫고 요양보호사 자격을 땄다는 임춘수(당시64세) 할아버지 이야기가 뉴스에 화제가 된 적이 있었다. 아빠는 아마도 최고령 요양보호사가 아닐까 싶다. 엄마를 곁에 두고 돌보고자 젊은 사람들도 어렵다는 일을 해내고 말았다. 아빠의 멋진 파트너였던 엄마 옆에서 누구보다 훌륭한 요양보호사로 함께한다. 큰언니의 희생에도 한동안 힘든 시간을 보낸 아빠의 사랑 때문에 엄마는 아직도 가족을 알아보고 혼자 거동도 하는 소위 '예쁜 치매'로 살고 있다.

희생은 사랑 없이 치르면 처절하지만, 사랑이 있는 희생은 아름답다. 지나고 보면 아빠의 자리를 비워두고 살아왔던 가족의 희생도 사랑이 있었기에 어긋나지 않고 함께 이겨낼 수 있었던 것 같다. 아빠가 가진 사랑은 그만큼 넓은 힘이 있었다.

어니스트 헤밍웨이의 작품 '노인과 바다'에 "하지만 인간은 패배하도록 창조된 게 아니야. 인간은 파멸할 수 있을지 몰라도 패배할 수는 없어"라는 명대사가 떠오른다. 대어와의 싸움 뒤에 노인의 뜻대로 결과가 나타나지 않았다고 해서 인간의 패배를 의미하는 것은 아니다. 아빠의 삶에 평탄만 있었던 것은 아니지만 아빠는 좌절하지 않고 항상 이겨냈고 우리 자녀들은 그것을 보고 살았다.

보통 자녀가 부모와 같은 길을 간다는 건 부모를 존경하고 따른다는 의미가 있다. 강요한 것도 아닌데 1남 4녀의 자녀 중엔 목사가 된 막내아들과 사모가 된 셋째, 넷째 딸이 있다. 아빠에겐 당신 삶이 본이 됐고 헛되지 않았음을 증명받는 것과 같을 것이다. 그들의 목사님으로 여겼던 자식들은 알고 있었다. 결국 우리 아빠는 우리에게도 목사님이었다는 걸.

비록 우리 아빠를 다른 이들의 목사님으로 내주고 온전히 차지할순 없었지만 훗날 아빠의 하나님이 아빠에게, 그리고 우리 가족에게 "애썼다"라고 하시리라 믿어본다.

나는 감사드린다.
나의 아빠에게 그리고 나와 그들의 목사님에게…….

나는 언제나
따듯하고
싶다

오십, 호찌민에서 로그인

이수연

작가 이수연

(닉네임: 오똑코)
현재 베트남 호찌민 거주. 나이 49세에 연고도 없는 베트남에 병원 관련
일로 2019년 3월, 호찌민 입국 후 눌러앉게 됐다. 홀로 베트남 살기를
하며 겪은 일상들과 에피소드, 살아봐야 아는 골목 구석구석의 찐 이야
기를 담아 글을 썼다. 50대 이후 노년에 대한 경제 활동과 무관하지 않
기에 50세 영어 공부 도전. 영어 쌤이 되고 싶은 나는 '건물주가 못 된다
면, 인세로 살자.'라는 포부와 함께 글쓰기도 시작했다. 호찌민에서 아침
을 맞는 나는, 행복한 사람이다.

인스타그램 @sooyeon9841
블로그 https://blog.naver.com/pp9841

2019년 3월 5일

베트남어 배우지 마세요.

제 짜이(Re trai: 좌회전), 제 파이(Re phai: 우회전)

사이공 스페셜 비어

오토바이 물결

푸미흥(Phu My Hung)

퍼(Pho), 분짜(Bun Cha), 껌승(Com Suon)

비 님이 오니 조으다

나는 행복합니다.

호찌민에서 아침을

2019년 3월 5일

앞머리가 있는 기회의 여신

비행기 창밖으로 낯선 나라가 그림처럼 깔려 있다. 비행기 바퀴를 내리는 소리가 공간을 가득 채운다. 곧 베트남 호찌민 떤선녓 국제공항에 나를 태운 거대한 비행기가 내려 앉을 것이다. 역사적인 베트남 입성! 나는 초청 비자로 베트남에 일을 하러 온 49세, 제3의 인생 터닝 포인트를 꿈꾸는 이혼녀. 새로운 근무지가 될 낯선 나라에 내린 나의 심장은 옆 사람에게 들릴 만큼 쿵쾅쿵쾅 쉴 없이 뛰어댄다. 내 인생을 바꿔줄 마법 같은 일을 기대해서? 아니면 나의 새로운 연인의 인연을 기대해서? 뭐든 이 설렘은 긍정의 신호라고 믿고 싶다. 외국인 비자 절차를 몰라 2시간 반가량 있는 대로 애를 먹고 드디어 입국 수속을 끝냈다. 여행자의 멋을 한껏 낸 모습으로 대형 캐리어 두 개와 요청한 물건을 담은 커다란 종이 상자 하나를 낑낑거리며 밀고 출구 게이트를 향해 나간다.

한국에서 강남지역 피부과와 성형외과에서 상담 실장으로 경력을 가진 나는 솔직히 이바닥에서는 나이가 많은 편에 속한다. 근로 계약서 연장에서 실패, 퇴사를 하게 되었다.

나 자신도 45세까지만 병원 일을 하겠다는 생각으로 일을 했지만 나를 필요로 하는 직장 덕분에 더 연장해서 일을 할 수 있었다. 2019년 1월 퇴사. 마침, 새 직장을 찾던 중 병원 실장 모임에서 친해진 동갑내기 친구에게 연락이 왔다. 중국이나 베트남 쪽 상주할 한국인 상담 실장을 구하고 있다고. 30대 실장을 소개해 달라는 요청을 받게 되었다.

이 사건이 나를 베트남으로 향하게 한 찰나의 기회였다. 기회는 앞머리만 있고 뒤통수는 대머리라고 했던가? 그리스 신화에 나오는 카이로스(Kairos)는 시간(때)과 기회의 신이다. 앞머리는 무성하고 뒤쪽은 대머리, 양쪽 어깨와 발뒤꿈치에 날개가 달렸고 손에는 저울과 칼이 들려 있다. 기원전 3세기 그리스 시인 포세이디포스의 풍자시가 적혀 있다.

"너는 누구인가?"

"나는 모든 것을 지배하는 시간이다."

"머리카락은 왜 얼굴 앞에 걸쳐 놓았지?"

"나를 만나는 사람이 쉽게 붙잡게 하려고."

"그런데 뒷머리는 왜 대머리인가?"

"내가 지나가고 나면 다시는 잡을 수 없도록 하기 위해서지."

기회는 바람같이 사라지기 때문에 한 번 놓치면 붙잡을 수 없다는 의미다.

이탈리아 화가 프란체스코 살비아티가 그린 '기회의 신' 카이로스. 감각적으로 나는 이 기회의 앞머리를 움켜잡았다. "브라보!"라고 나는 두 손을 불끈 쥐며 외쳤다. 꿈에 그린 해외살이를 나도 하게 된 것이다.

누구나 한 번쯤 맘에 드는 여행지에서 눌러앉아 짧게 혹은 한 달 이상 살기를 꿈꾼다. 외국인들은 쉽게도 하는 모습들인데… 나는 그 맘 먹기도 쉽지 않았다. 지금 우리 주변에서도 '제주 한 달 살기'가 트렌드인 양 자주 볼 수 있는 모습들이다. 유행의 흐름을 쫓아가지 않아도 나 또한 늘 멋진 다른 곳에서 나만의 YOLO 생활을 꿈꾸던 1인(人)이 아니었던가.

2019년 3월 5일,

일로 인해 베트남 호찌민으로 오게 된 나는 3개월만 버텨보다 가려 했던 그때를 뒤로하고 만 5년을 넘어 이곳, 호치민에서 지내고 있다. 한국을 벗어난 이 낯섦이 좋았다. 새로움이 있는 공간의 설렘이 나를 알지 못하는 곳에서 내 자유를 누릴 생각에 좀처럼 흥분이 가시지 않았다. 여행은 나를 들여다볼 수 있는 시간을 많이 주는 기회이다. 그러나 여행이 travel이 아닌 life로 이어질 때 생활로 다가오는 많은 익숙함 들이 생기면 삶의 태도를 변화시킨다.

동경의 해외살이 시작이 그러했다. 여행의 하루가 이젠 일상의 하루가 되어 한국만큼이나 아침의 공기가 친숙하고 오가는 길들의 풍경이 익숙하다. 'we are the world.'가 되어 가고 있는 지금, 해외살이하는 나는, 다른 동네인 한국을 다녀오는 일이 가깝고 친숙하다. 한국을 좋아하는 많은 외국인은 '제2의 고향'이 한국이 될 정도로 자신이 머무는 곳을 사랑한다. 나 역시 '제2의 고향' 반열까진 오르지 않은 베트남이지만 옛말의 '타향살이'는 오간 데 없고 나에게 축복의 기회를 준 이 타향을 애정한다. 나는 적극적으로 타향살이를 권유한다. 알고 보면 타향살이가 꿈에 그렸던 해외살이라고.

그 시작이 2019년 3월 5일이었다.

베트남어 배우지 마세요.

베트남에서 영어 공부하기

지적인 욕구가 있는 자만이 배울 것이요, 의지가 확고한 자만이 배움의 길목
에 있는 장애물을 극복할 것이다. 나는 항상 지능지수보다 모험지수에 열광
했다. - 유진 윌슨

"원장님, 베트남어 배우지 마세요!"

"응?"

　진지함을 가득 담은 그녀의 두 눈 안엔 결의마저 담겨 있었다. 그
녀는 나를 도와 한국어 통역을 해줄 매니저, 내 직장 한국인 대표님
의 베트남 아내 THAM(탐)이다. 새로운 기회를 잡아 베트남에 일하
려고 온 나에게, 베트남 고객을 상담해야 하는 나에게 이 무슨 뜬금
없는 말인지… 뒤이어진 그녀의 타당한 설명이 이어졌다.

　첫째, 어줍잖은 단어 몇 개의 연결 소통은 라포 형성과 효과적인
상담을 위해 도움이 안 된다는 것이었다. 간단한 베트남 인사말 정
도로 호감 표시는 충분하다는 것이다.

둘째, 베트남은 한국과 마찬가지로 제2외국어를 주로 영어를 선택한다. 그래서 차라리 글로벌 하게 외국어를 사용한다면 영어를 적극 권유하고 싶다고 했다. 내가 상담할 베트남 고객층은 영어에 능숙하다며 나에게 영어 실력 키우기를 강력하게 어필했다.

셋째, 베트남어 배우기가 만만치 않다는 점이다. 중국은 4성조, 베트남어는 성조(발음 방법)가 6개나 있다. 발음에 따라 뜻이 완전히 달라진다. 예를 들어 '얼마예요?'는 베트남어로 '바오 니에우 띠엔?'이다. 이렇게 한국 발음을 하면 외국인을 자주 상대해 본 베트남 사람에게는 통할 수 있으나, 그 외의 베트남 사람이라면 이해하지 못할 가능성이 매우 높다. 그냥 영어로 'How much?'가 더 낫다는 말이다.

베트남어 'Tam(땀)'은 '8(여덟)'이다. 베트남 쌀국수 식당에서 베트남 매니저 THAM(탐)이 이쑤시개를 가리키며 'Tam(땀)'을 말하는 것이다. 나는 내심 '이쑤시개를 8개나 달라고?' 의아해하며 건네준 적이 있었다. THAM(탐)은 크게 웃으며 나에게 이쑤시개의 베트남말도 'Tam(땀)'이라며 성조에 따라 뜻이 완전히 다른 베트남말 이야기를 해주었다. 지금도 여덟의 Tam과 이쑤시개의 Tam의 성조가 구분이 안 된다.

외국인이 베트남어를 배우는 데 6가지 정도 방법으로 추릴 수 있다.

1. 책

나 역시 내 여행용 가방 안에 〈베트남어 첫걸음〉을 들고 왔다. 가장 전통적인 언어 공부 방식이다. 책을 통해 배우는 것은 한계가 있다. 무엇보다 그 중요한 6성조 발음을 익힐 수가 없기 때문이다. 베트남어를 책으로 배우고 싶다면 책은 참고로 하되 다른 방법으로 언어 배우기를 권하고 싶다.

2. 과외

베트남 관련 카페나 한인 잡지의 공고 및 카카오 지역 단톡방과 페이스북 광고를 통해서 구해보는 방법이 있다. 가장 좋은 방법은 이미 과외를 받는 사람들에게 추천받는 것이다. 과외의 장점은 일대일 진행이고 시간과 공간의 불편함이 적다는 것과 수준별 수업 진행으로 수준 향상이 빠르다는 점이다. 하지만 과외 선생님마다 수준이 천차만별이고, 다른 방법에 비해 가격이 비싸다는 단점이 있다.

3. 어학당 및 학원

호찌민에서 가장 유명한 어학당은 1군에 있는 호찌민 인문사회과학대 베트남어학당, 일명 '인사대'라고 불리는 곳과 7군에 있는 똔득탕 대학교 어학당이 있다. 대학교 어학원이나 평생교육원의 수업을 생각하면 될 것 같다. 어학당은 대부분 주간에 수업이 진행되기에 직장인은 사실 수강이 어렵다. 어학당 외에 베트남인 혹은 한국인이 운영하는 베트남어 학원도 있다. 주로 시간 여유가 없는 직장인이나 사업하는 분들이 공부한다.

4. 인터넷 강의

인터넷 강의를 찾아 들을 수 있다. 시간과 장소 구애를 받지 않고, 가격이 저렴하다는 장점이 있다. 유튜브를 통한 무료 강의부터 유료 강의까지. 하지만 자율적인 부분이 오히려 독이 될 수 있다. 인터넷 강의는 자율성이 보장되지만, 쉽게 포기도 할 수 있어서 다른 방법과 적절하게 섞어서 하는 것을 추천한다.

5. 원격/대면 수업(과외)

코로나 이후 원격(화상) 수업이 늘면서 장소와 관계없이 화상 수업을 통해 배울 수 있다. 원격수업, 대면 수업은 실시간 교사와 양방향 소통이 가능하다는 장점이 있다. 반면 수업비용이 개인마다 다르기 때문에 가늠하기 어렵다는 단점이 있다.

6. 언어 교환 모임

책, 동영상을 보는 것 보다 베트남어 한마디 더 하는 게 훨씬 효과적이다. 페이스북 그룹이나 밋업 Meetup, 언어교환 이벤트 등을 검색하면 호치민에 다양한 언어 교환 모임들이 있다. 전문가한테 배우는 게 아니다 보니 서로서로 가르치는 데 있어서 설명이 막히는 일이 비일비재하다. 베트남어 공부 과정과 교재를 스스로 준비해야 하고 끈기를 가지고 꾸준히 함께 할 상대방을 찾아야 한다는 단점도 있다. 장점이라면 베트남어를 빨리 익히고 가장 저렴하고도 효과적인 방법이다.

누가 그랬던가, 빠른 포기는 빠른 결단력이고 최선을 다한 후 포기는 경험이 된다고. 그래서 나는 귀도 얇지, 빠른 포기와 함께 일대일 영어 과외를 시작했다. 영어에 선택과 집중을 다 하여 볼 생각이다. 한국에 있는 친구들이 지금도 물어본다.

"외국어 많이 늘었겠네."라고.

나도 그런 줄 알았다. 외국에 1년만 살아도 마치 현지인 것처럼 잘하는 게 당연한 것처럼 생각했으니까. 언어는 학습하지 않고 절대늘 수 없는 영역임을 몸소 깨달을 때까지 말이다. 언어는 학습이다. "베트남어 배우지 마세요"는 나에게 언어 학습 욕구를 불태워 준 도화선이었다.

'끈기 있는 수연씨, 칭찬해.'

나는 매주 나를 칭찬해 주고 있다. 영어를 시작한 지 벌써 2024년 7월이면 만 4년이 된다. 이 책이 출간될 즈음 아마도 성실한 나에게 자축의 탄산수를 들이켜고 있지 않을까 상상해 본다.

목적 없는 공부는 기억에 해가 될 뿐이며, 머릿속에 들어온 어떤 것도 간직
하지 못한다. -레오나르도 다빈치

들은 것은 잊어버리고, 본 것은 기억하고, 직접 해본 것은 이해한다.
-공자

제 짜이(Re trai: 좌회전), 제 파이(Re phai: 우회전)

씬 짜오(Xin chao: 안녕하세요.)& 씬 로이(Xin loi: 미안합니다.)

　베트남어 배우지 말라는 조언에 영어를 배웠다. 프랜차이즈 매장 직원들은 기본적으로 영어를 구사한다. 하지만 일반 로컬 매장의 직원들은 영어를 잘 못한다. 오히려 코리아타운엔 영어보다 한국말을 잘하는 직원을 채용해서 고객 응대에 신경을 쓰고 있다. 한국어를 못해도 워낙 많은 한국인 방문으로 대충 사람들의 몸짓으로 알아듣는다. 나는 배운 영어를 사용해 보기 위해 쇼핑몰이나 카페를 일부러 찾는다. 그러기 위해 종종 그랩을 이용하는데 그랩 라이더의 언어 수준은 천차만별이라 소통하기가 쉽지 않다. 서툰 한국말로 인사하는가 하면 간단한 영어로 잘하는 양 혼자 떠드는 사람도 있다. 난 아직 초보 영어 수준인데도 못 알아듣겠다. 베트남 말이라도 나에게 던지는 날엔 벙어리가 되어, 그냥 웃는다. 그랩 앱을 통해 주소를 정확하게 입력해도 간혹 실수로 다른 위치를 설정할 수 있다. 실수가 발생하면 이제부터 진땀이 나고 해결 방법을 찾기 위해 애를 먹는다. 이때 언어의 불통이 큰 한몫을 한다. 간단하게 파파고 앱을 통해 번역기를 돌려 소통하기도 하지만 잘못 의역이 되어 애를 먹은 경험이 많아 간단한 베트남 단어는 익히게 되었다.

초행길이 아닌 아는 길이라면 라이더가 가는 길을 가지 않고 내가 아는 길로 바꿔서 갈수 있다. 이때 제 짜이(Re trai: 좌회전)와 제 파이(Re phai: 우회전)를 자주 말하게 된다. 발음이 감칠맛 나서 말할 때 재밌다. 또, 디탕(Di thang: 직진), 즁어더이(Dung o day: 여기에 서다)와 같이 필요한 단어를 외워서 사용한다. 하지만 초행길이라면 조용히 핸드폰 앱 지도를 보며 잘 가는지 확인하는 수밖에 없다. 베트남 그랩은 내가 가는 장소에 따른 비용을 미리 알 수 있다. 한국과는 달리 도로 사정으로 인해 시간이 더 추가가 돼도 비용은 변함이 없다. 절약하는 나는 이 점이 맘에 든다.

어느 날, 1군 시내로 약속이 있어 나가는 일이 생겼다. 이번엔 좀 거리가 돼서 차를 불렀다. 그날따라 내가 봐도 화장도 잘 됐고 드레스 코드도 괜찮아 보였다. 사람 눈은 비슷한 가 보다. 그랩 차 드라이버는 나와 "씬 짜오(Xin chao: 안녕하세요.)" 인사를 나눈 뒤 나를 보고 "냅과(Dep qua: 너무 이쁘다.)" 라고 하는 게 아닌가. 처음 나는 이 뜻이 무슨 뜻인지 몰랐다. 그래서 "씬 로이(Xin loi: 미안해요.), I don't speak Vietnamese."라고 말하고, 눈치를 보니 나쁜 뉘앙스는 아닌 듯하여 "깜언(Cam on: 감사합니다.)" 이라고 다시 말했다. 나중에 알게 된 '냅과' 단어의 뜻은 '너무 예쁘다.'였다. 만약 내가 '댑 짜이(Dep trai: 잘생긴 남자)'를 알고 있었다면 그 드라이버에게 말했을 텐데 아주 아쉬웠다. 그 이후로 나는 오토바이나 택시, 그랩 차를 타면 자주 드라이버에게 '댑 짜이(Dep trai: 잘생긴 남자)'라며 엄지척을 세운다. 솔직히 오토바이 라이더는 햇빛 때문에 온몸을 옷으로 가리고 있어 보이지도 않는 얼굴인데. 또한 나는 자주 '냅과(Dep qua: 너무 이쁘다.)'를 들었다. 미인은 박명이라는데 난 오래 살고 싶다.

만약 한국 여자들이 가장 많이 들은 베트남말이 뭐였냐고 물어보면 냅과라고 말할 거다. 아니면 귀엽게 한국말로

"언니, 예뻐요."

라는 말을 듣거나.

그럼에도 나는 영어를 공부한다. 나의 롤모델은 유튜브 대학인 MKYU의 김미경 학장님이다. 코로나 시기, 그녀의 54세 영어 도전기를 듣고 내 나이 50에 결심했다.

"내가 지금 시작해도 김미경 학장님보다 4년이나 빨리 시작하는 거야!"

"그래! 해보자. 버티면 언젠가는 저 성공의 시간에 나도 가 있을 테니까."

두근대는 내 심장의 뜀박질을 뭘로 표현해야 할까? 그녀의 도전기는 나에게 큰 용기와 희망을 품게 해주었다. 그녀는 60세에 유학을 꿈꾸고 있다. 그래서 유학 생활에 필요한 영어를 배우게 된 계기를 이야기했다. 또한 그녀는 꽤 유명한 국내 강사 중 한 명이다. 코로나로 인해 대면 수업이 막히고 외부 강단에 설 기회가 줄어들고 활동의 한계를 겪으며 발견한 것이 온라인 화상 강의였다. 언젠가는 다가올 화상 수업이 갑자기 쓰나미처럼 눈앞에 닥쳐왔음을 누구보다

간파한 그녀는 발 빠르게 공부와 탐색을 통해 지금의 2만여 명이 넘는 학생 수를 가진 유튜브 대학을 설립했다. 이 얼마나 멋진 50대 여성의 성공기인가!

'위기는 기회를 안고 찾아온다.'

코로나의 위기 속에서 기회를 잡은 사람들은 비단 그녀만이 아닐 것이다. 나 또한 이 앞머리만 있는 기회의 신을 잡아야 했다. 예전부터 한국에서 인연을 이어 온 영어 선생님으로 지인 오빠가 있다. Mr.서 쌤으로 칭하겠다. 나는 그에게 바로 연락을 취했고 낯설기만 한 줌(Zoom)을 통해 본격적인 영어 수업이 시작됐다.

'언어는 학습이다.'

2020년 7월 20일 첫 수업이 시작됐다. 주 1회, 1시간씩, 매주 수요일, 베트남 시각으로 오후 7시 30분. 처음 내가 어떤 수업을 했는지 잊을 수 없다. 한글로 5문장 일기 쓰기였다. 그 문장을 영어로 바꿔 한글 문장 밑에 달기였다. 번역기의 도움을 받아도 된다며 스스로 영어 문장 만들기 숙제부터 시작되었다. 눈높이에 맞춘 1:1 수업은 많은 분량의 진도는 못 나갔지만 누구보다 나에게 잘 맞았다. 시간이 얼마나 지났을까? Mr.서 쌤은 나에게 '청출어람'을 얘기하며 제자인 나를 뿌듯해한다. 영어 울렁증을 없애는 기간이 딱 3년 걸렸다. 누구처럼 무작정 외국인과 대화를 시도할 용기도 안 생겼고 고작 3년 만에 스타벅스 주문할 때 떨지 않고 끝까지 주문을 완료하기까지 이게 뭐라고 스스로에게 웃지 못했던 슬픈 경험도 있었다.

처음 내가 Mr.서 쌤에게 영어 수업을 의뢰했을 때 주변에서 내기를 했단다.

"3개월을 못 간다, 밥 살게."

나는 3개월은 넘겼다.

"6개월을 못 넘긴다, 내 손모가지를 건다."

나는 6개월을 넘겼다. 그 손모가지는 아직 건재하던데. 아쉽다, 보낼 수 있었는데. 그리고 1년을 넘겼다. 넘겼다는 표현이 맞다. 꾀도 나고 숙제가 버거울 때도 있었고 늘지 않고 그 자리에 머물러 있는 나의 실력이 답답했다. 어느 날 한글로 일기를 쓰지 않고 영어로 일기를 쓰고 있는 내 모습을 발견했을 때 그 희열은 이루 말할 수 없이 기뻤다.

"이게 학습의 결과구나."

감탄했다. Mr.서 쌤이 나에게 잊지 못할 이야기를 했던 날을 난 기억한다.

"열정만 있던 네가 성실하기까지 하다니, 예전에 내가 알던 너에 대한 나의 편견에 대해 많이 반성하게 됐다."

울컥했다. 고마웠고 이런 아름다운 이야기를 듣는 내가 자랑스러웠다. 내 스승의 말 한마디가 내 인생의 방향을 바꿔버렸다. 3개월짜리 주 1회 1시간, 배움의 도전이 2024년 7월이면 만 4년이 되는 기적 같은 일이 되어 주었다. 작은 행동의 꾸준함이 어떤 일을 대할 때마다 나의 능력이 되어 끝까지 하게 만드는 재능이 되어 있었다. 그동안 가지고 있는 3개월짜리 배움 중, 다시 선택하고 집중해서 영어 공부 결과처럼 만드는 재미를 만들어 가보자.

이 작은 성공을 좀 더 일찍 맛보았다면, 내 인생은 어떻게 달라져 있을까? 나는 지금도 감사하다. 이 성공의 짜릿함을 평생 느껴보지 못했을 수도 있었을 텐데 하고. 요즘도 그랩을 타면 나는 외친다.

"오빠, 달려!"
"앰 어이(Em oi), 디탕 디탕(Di thang di thang)"

사이공 스페셜 비어
Saigon Special Beer

초록색 안에 담긴 용트림

"카~"

"이 맛이지!"

목줄기를 타고 내려가는 맥주 CF의 한 장면이 떠오른다. 나는 공항을 바로 나와 잡아 든 초록색에 새겨진 금색 용무늬 그림 맥주에 마음을 뺏겼다. 내가 좋아하는 그린 Green 색이라 더 좋았다. 골드 드래곤은 춤을 추고 있었고 목마른 나를 유혹하기에 충분했다. 출국 심사에 이미 진이 다 빠져버린 내 너덜너덜한 육신은 한 모금의 생명수를 찾고 있었다. 마치 먹이를 찾아 헤매는, 시뻘건 눈을 번뜩이는 하이에나처럼. 목줄기를 타고 내려가는 4.6% 알코올 도수의 탄산 맛은 내 위벽을 타고 내려가는 게 아니라 거꾸로 용의 꿈틀거림으로 내 머리 백회혈을 치고 올라가는 짜릿함을 안겨주었다. 첫사랑은 못 잊는다는 말이 이 경우에 속할까? 나의 베트남 첫사랑 맥주가 되어버린 '사이공 스페셜 비어', 지금은 보통 사랑이 된 저렴한 '타

이거 맥주'를 종종 마시지만 가끔 생각나는 애틋한 첫사랑은 잊을
수 없다.

　병 맛, 캔 맛, 생맥 맛이 다른 걸 아는가? 이건 내 의견이다. 찐한
오리지널 맛을 느끼고 싶을 땐 병맥주를 마신다. 순한 라거의 느낌
을 받고 싶다면 캔맥주를 고른다. 탄산의 짜릿함을 강하게 느끼고
싶다면 생맥주를 찾아간다. 나는 개인적으로 얼음을 가득 담은 잔에
맥주 마시기를 즐긴다. 흰 거품이 잔뜩 일어나게 맥주를 따라 이건
맥주를 마시는 건지, 거품을 마시는 건지 알 수 없게 마시는 걸 좋아
한다. 혹자들은 얼음이 녹아 희석된 맥주를 무슨 맛으로 먹냐, 고들
하지만 개취, 개인 취향이니까. 하지만, 그대들이여, 한 번쯤 마셔
보길 추천한다.

베트남은 물에 석회질이 많아 반드시 물은 사 먹어야 한다. 그래서 간혹 정수가 덜 된 물로 만든 얼음으로 인해 물갈이하는 경우가 종종 생기는 까닭에 조심해서 섭취해야 한다. 주변에 장염으로 고생하는 지인들을 보는 이유 중 하나다. 나는 보기보다 면역력이 뛰어난 건지 아니면 장이 튼튼한 건지 5년 넘게 배앓이 한번 안 한 행운을 갖고 있다. 해외살이는 건강이 최우선이다. 병원도 많지 않지만, 실력 있는 의사도 많지 않아 선택의 여지가 없기 때문이다.

내가 머무는 호찌민 시안에서도 7군, 푸미흥이라는 동네는 한국인들이 많이 산다. '코리아타운'이라고 해도 맞는 말이다. 코로나 이후 이곳의 한인 절반이 귀국해서 예전만큼 북적임은 보이지 않지만, 여전히 베트남의 식당 직원들이 한국말을 영어보다 자주 사용한다. 현지 주재원들과 가족, 상인들, 그림 오빠들(몸에 문신을 두루두루 하는 남자들)이 주된 구성원이다. 특히, 푸미흥은 여자보다 남자가 훨씬 많이 산다. 금요일 밤이면 로컬 베트남 비어 팝 beer pop 가게들은 시끄럽고 번쩍이는 음악으로 연신 바쁘다. 한국과 마찬가지로 여기도 삐끼, 호객꾼이 있다. 가게에 여자 손님으로 앉아 있으면서 외국인 남자 고객들과 헌팅으로 가게 매출을 내는 베트남 영한 걸들이 일을 한다. 한국 남자는 최고의 고객이다. 작고 어린 베트남 여자들에게 아낌없이 지갑을 열어주니 말이다. 밤이 깊어질수록 탁자마다 알록달록 맥주병이 즐비하게 줄을 선다. 금요일 밤의 시간도 줄을 맞추어 밤고개를 따라 넘어간다.

푸미흥의 골목길은 골목마다 넓이가 다르다. 번갈아 가며 좁은 길 다음엔 넓은 길로 구획 정리가 되어있다. 그래서 골목마다 상가의 위치를 기억해서 찾는 데 어려움이 적다. 한인 타운답게 골목마다 즐비하게 한잔하는 가게들이 바닷가 바위에 달린 홍합처럼 빽빽하다. 베트남 동네에서 한식을 하는 집이 많이 있어서 타국에서 향수를 달랠 수 있다. 이젠 어디에서나 세계 맥주를 맛볼 수 있다 보니 이곳 호찌민에서도 세계 여러 나라의 맥주를 접하는 건 쉽다. 단지 한국보다 물가가 싸기 때문에 자국에서 만든 맥주는 마트에서 한 캔에 원화 650원이면 마실 수 있다. 술을 즐겨하는 사람에겐 희소식, 하지만 나같이 술과 친하지 않은 사람은 많이 아쉽다. 절호의 기회를 놓친 기분이랄까.

그래도 가끔은 사이공 스페셜 비어를 아낌없이 즐겨 준다. 내 첫사랑, 초록색 금빛 용트림을 맛보기 위해서.

오토바이 물결

시속 40km가 최선입니까?

베트남 대표 택시 앱은 그랩 Grab이다. 합리적인 가격, 운행 차량
이 매우 많아 빨리 잡힌다. 지불 방식이 카드 및 현금 모두 가능하다.
단점이라면 차량 내부 컨디션이 복불복이다. 하지만 그렇게 낙후된
차량은 베트남에 살면서 한 번도 만난 적이 없다. 나를 마중 나온 김
대표 내외는 미리 부른 그랩 Grab 차량 쪽으로 날 안내했다.
"우~아~"
"인터넷 블로그 사진처럼 오토바이가 어마어마하게 많네요!"

　차창 밖으로 보이는 퇴근길 도로에는 어마어마한 오토바이 물결이
출렁이고 있었다. 인터넷에서만 보던 광경이었다. 논두렁에 올챙이
가 가득한 곳에 바글바글 모여 있는 모양과 흡사하게, 퇴근길 도로
위를 가득 메운 오토바이. 차량보다 오토바이가 더 많았다. 한국과
는 정반대의 교통 상황이다.

"매일, 매시간 도로 상황이 이런 풍경인가요?"

"한국은 자동차 홍수인데"

"아니요, 출퇴근 러시아워일 때 유독 심해요. 주말은 또 한가해요."

"한국은 매시간 도로 위가 러시아워예요. 그래서 오토바이 운전은
　한국에서 아주 위험해요."

　나는 생각했다. 이 나라는 차량 주차장보다 오토바이 주차장이 훨
씬 넓겠다고. 그 생각은 무릎을 탁! 하고 칠 정도로 맞았다. 어디를
가나 베트남 주차장은 오토바이 주차 구간과 차량 주차 구간이 나누
어져 있다. 도로 또한 차량과 오토바이 차선이 정확히 나누어져 있

다. 오토바이 차선은 가장 바깥 차선이고 안 차선은 차량 차선이다. 나는 지금도 의아스럽지만 처음 본 베트남 도로 신호등 체계가 이해가 안 된다. 한국은 좌회전 차선이 따로 있다. 그래서 어떤 차량이든 그 차선에 대기를 하고 좌회전 신호가 떨어지면 움직인다. 그런데 이곳 베트남은 직진 신호와 좌회전 신호가 동시에 켜진다. 따로 좌회전 차선이 없다. 그래서 바깥 차선에 있는 오토바이가 좌회전하려면 직진하려는 안 차선 차량을 피해 밀고 들어와 좌회전하는 위험천만 상황들이 실시간으로 벌어진다. 베트남 사람들은 이 상황이 몸에 배어 있는 모습이다. 간혹 서로 양보 문제로 싸움이 일어나지만, 사소한 말다툼으로 마무리를 짓고 제 갈 길을 간다.

베트남은 아직 무단횡단이 암암리에 묵인된다. 그래서 신호등이 있어도 도로에 차량과 오토바이 수가 많지 않다면 아무 곳에서 무단횡단을 볼 수 있다. 동네 도로는 무단횡단 낙원이다. 산책하는 듯 무질서가 편안해 보인다. 한국은 어린이보호구역 스쿨존과 노인보호구역, 흔히 실버존에 주행속도가 30km에서 50km로 제한되어 시행 중이다. 그런데도 이런 서행 보호구역에서 일어나는 사고를 우리는 종종 신문이나 뉴스로 접하게 된다. 신기하다고 해야 할까? 베트남은 이런 위험하고 열악한 도로 상황임에도 사고율이 낮다. 그건 아마도 베트남 도로 주행 속도가 40km여서 그러지 않을까 생각한다. 우리나라였으면 도로 평균 주행 속도가 40km라면 난리 날 일이다.

어느 날 나는 오토바이 그랩을 타고 7군에서 1군, 약속 장소로 가는 중이었다. 좀 늦었다. 도로 위 차량이 많지 않아서 오토바이가 속도를 내지 않을까, 왜냐면 나를 빨리 내려주고 다음 호출을 받으면 더 이익이니까 하는 생각이었다. 내가 약속에 늦었음을 얘기했다. 하지만 내 바쁜 마음과는 달리 그랩 오토바이 라이더는 40km를 고집했다.

'정말 너는 시속 40km가 최선이니?'

묻고 싶었다. 모두가 같은 속도로 달리면 속도의 차이를 느낄 수 없다. 어느 날은 40km도 빠르게 느껴진다. 이 속도에 익숙해졌다는 증거다. 베트남은 돈이면 안 되는 일이 없다. 바로 나는 약속 시간을 맞춰가기 위해 요금을 더 주겠다는 제안을 했고 우리는 달렸다.

"오빠, 달려~"

'아! 앞에 공안이다! 줄줄이 잡혔네.'

대부분은 차선 위반으로 많이 잡힌다. 어디서 숨어있던 걸까? 암행어사 경찰도 아닌 것이 만화 주인공 짱가처럼 나타나 딱지를 끊고 있다. 공안(경찰을 이렇게 부름)이 돈을 갈취하기 위해 오늘도 열일 중이다. 공안에 걸리면 무조건 돈을 뜯긴다. 그래서 조심해야 하는데 작정하고 나온 공안을 피할 수 없다. 걸린 사람들은 과태료보다 싸게 공안과 거래해서 그 자리를 해결하고 간다. 코로나 시기에도 하루 벌어 사는 그랩 종사자들에게 돈을 갈취한 베트남 공안과 관공서 공무원들의 식을 줄 모르는 돈 요구는 지금도 이어지고 있다. 자국민도 저러한데 외국인은 오죽할까.

시속 40km가 최선인 도로를 이제는 받아들이며 지내고 있다. 이 나라에서 나에게 40km는 올라탄 오토바이에서 주변을 둘러볼 수 있는 여유의 속도가 아닌가 생각한다. 한국에서 친구들이 종종 나에게 했던 말이 기억난다.

"넌 연예인도 아닌데 연예인 스케줄로 사는 게 안 힘들어?"

"응? 내가 무슨 연예인 스케줄이라고…"

"널 봐. 매일 퇴근 후 약속 없는 날이 며칠이나 있는지."

나는 주중에 이어 주말까지 약속이 내 하루 일정인 양 시간을 쉼표 없이 이음줄로 이어 살았다. 약속을 지키기 위해 사는 사람이었다. 얼마나 많은 하루들을 긴장하며 피곤으로 마무리 지어 온 건지 베트남에 와서 알게 되었다. 처음엔 슬펐다. 인식조차 못 하고 그렇게 사는 게 열심인 줄 알았던 나 스스로에게. 하지만 뒤이어 난 너무 다행인 사람임을 알게 되어 기뻤다. 신이 나에게 한 번 더 기회를 준 것에 감사했다. 다른 방법으로 다시 잘 살 수 있다고 알려주는 기회 말이다.

사회적 인간관계가 축소됐다. 내 동선의 범위가 좁아졌다. 집에 머무는 시간이 길어졌다. 나에게 시간이 많아진 것이다. 그래서 나는 나를 챙길 시간과 공간이 생겼다. 나를 되돌아보고 내가 무엇 때문에 쉼 없이 시간을 보내며 살았었는지 나는 내가 너무 안쓰러웠다. 베트남이 나에게 기회의 땅인 이유가 여기 있다. 나를 사랑하게 해준 시간의 땅이기 때문이다. 한국에서도 자기애는 항상 넘쳤다. 단지 우선순위가 '너, 우리'가 빠진 '나'만 있었을 뿐이었다. 속도를 줄이면 못 보고 지나간 아쉬운 것들을 볼 수가 있다는 진리를 이곳, 베트남에 와서 알게 되었다.

"시속 40km가 최선입니까?"

"네, 최선입니다."

푸미흥(Phu My Hung)

호찌민 코리아타운(Korea Town)

　베트남은 해안과 산맥을 따라 S자로 길게 뻗은 나라이다. 크게 북부와 남부로 기본 구분한다. 한국과 유사하게 남쪽의 '베트남 공화국'과 북쪽의 '베트남 민주공화국'이 1975년 공산 통일이 되어 '베트남사회주의공화국'이 탄생했다. 베트남은 사회주의와 공산주의에 입각한 정치체제를 유지하는 드문 나라이며, 베트남 공산당만이 집권하는 일당독재 국가다. 현재 베트남의 수도는 북부에 하노이(Hanoi)다. 베트남의 독립운동 인물로 초대 주석에 올랐던 호찌민은 남부 사이공(Saigon)을 호찌민(Ho Chi Minh)으로 이름을 바꿨다. 호찌민시는 경제 도시로 유명한 남부의 중앙 직할시다.

　베트남의 행정구역 단위는 1에서 3단계로 나눈다. 1단계에 중앙 직할시(우리나라 광역시 해당)와 성(우리나라 도에 해당)이 속한다. 그 아래 2단계는 시사와 성시(시), 군(구), 현(군)이 속하며, 3단계는 방(동), 시진(읍), 사(면)이 들어간다. 베트남은 5개 중앙 직할시와

58개의 성을 포함한 총 63개의 행정구역을 두고 있다.

나는 호찌민 중앙 직할시 7군 푸미흥 단지 홍푹 1거리에 살고 있다. 대표적으로 푸미흥 단지가 넓다. 그럼에도 '푸미흥' 하면 '코리아타운'이라고 안다. 차이나타운처럼 거리가 명명되어 있지 않음에도 모든 한국 교민은 코리아타운인 듯 생각하며 지낸다. 한국 사람이 너무 많이 모여 살기 때문이다. 2군 시내에 빈홈과 타오디엔도 한국 교민들이 많이 살고 있지만 푸미흥만큼 인기 있는 곳도 없다. 한국의 향수를 많이 찾을 수 있는 곳이기도 하다. 없는 거 빼곤 다 있는 리틀 한국이다.

한국에 지인들은 아직도 베트남을 너무 열악한 후진국으로 보는 경향이 많다.

"김치는 살 수 있는 곳이 있어?"

"라면이나 김은?"

"한국 식당은 많이 있긴 해?"

2019년에 베트남에 도착 후 한국에 지인에게서 가장 많이 듣는 이야기였다. 물론 변두리에서는 찾을 수 없다. 한국 식품점은 한국 거주자가 많은 지역에 형성되어 있다. 대형 마트나 롯데 마트에 가면 매대에 진열된 한국 제품들을 많이 볼 수 있는데 한국 상품은 비싸다. 여기서 한국 제품은 한국과 똑같은 가격으로 팔기 때문에 한국인인 나도 현지 물가에 비해 너무 비싼 한국 제품을 선호하지 않는다. 단, 라면은 어쩔 수 없이 그 맛을 대체할 베트남 라면이 없기에 매번 마트를 가면 빠뜨리지 않고 사는 품목 중의 하나다.

한국에 있는 후배가 이것저것 싸서 보낸 것 중에 신라면 수프를 모아서 보냈던 적이 있다. 날 걱정해 준 후배의 마음이 보여서 흐뭇한 반면 여기 환경이 어떻게 비쳤을까 생각하니 웃음이 나왔다. 푸미흥에는 없는 게 없다. K마켓은 한국 제품을 위주로 매장이 채워져 있다. 우리가 아는 종갓집 김치, 비비고, 된장, 고추장은 물론 신선 제품인 한국 애호박까지 언제든지 한국의 맛이 그리울 때 찾는 고향집 냉장고랄까. 한국에 있는 프랜차이즈 식당이며 파리바게뜨, 뚜레쥬르, 감자탕 식당부터 미나리 대패 삼겹살 식당, 보양탕까지 먹을 수 있는 동네가 푸미흥이다.

내가 지금도 애용하는 '방도남 김치 연구소'라는 한식 뷔페 집이 있다. 나이가 지긋하신 여사님이 운영하시는 식당으로 2019년 한 끼 식사 비용이 8만 동, 4천 원이었다. 지금은 코로나 이후 물가 상

승으로 10만 동, 5천 원이 되었다. 하지만, 이 가격으로 한식 뷔페를 먹을 수 있다는 건 기분 좋은 횡재다. 식당의 김치를 먹기 위해 자주 애용한다. 식당 이름처럼 별도로 여러 김치 종류를 판다. 담근 포기 김치이기도 하고 한국 배추김치 맛이 일품으로 모르는 사람이 없다. 한국과 다른 점은 젓갈이다. 여기는 느억맘(Nuoc mam)이라는 생선 액젓이 유명하다. 그래서 미묘한 맛 차이가 난다.

몸에 문신이 있는 오빠들도 많다. 무슨 일을 하는지 알 수 없지만 옆구리에 끼고 다니는 가방엔 현금이 다발로 많다. 푸미흥은 외국인 치안 보호 구역이라 소매치기나 일명 뻑치기 같은 범죄는 거의 일어나지 않지만, 가끔 사고가 났다면 몸에 문신이 있는 오빠들이 대부분 당한다. 과연 그 오빠야들은 무슨 일을 하는 걸까? 묻고 싶지만 묻지 않는다. 비밀도 있어야 하는 거니까. 가라오케, 비즈니스 클럽이 크게 성업을 이루며 골목 안 여기저기 알 박기처럼 박혀 있다. 한국에서 건너온 다른 두 조직이 각각 운영한다는 소문을 들었다. 나와 상관없는 문화가 어두운 밤이면 반짝반짝 빛내며 푸미흥 밤거리를 띄운다. 이들도 나름 잘 먹고 잘살겠지.

푸미흥은 집세가 다른 지역보다 비싸다. 웬만한 현지인은 한 달 집세 부담으로 이곳에 들어와 살려고 하지 않는다. 이 또한 한국 사람들이 올린 안 좋은 예이기도 하다. 한국 주재원들이 들어와 정착하면서 집세를 회사에서 제공하다 보니 신경을 안 쓰고 살았다. 푸미흥은 곳곳에 고급 빌라촌이 있다. 베트남 부자들은 아파트에 살지 않고 고급 빌라에 거주한다. 집 외벽에 조명으로 어찌나 꾸미길 좋아하는지 크리스마스나 새해가 되면 명동 거리를 보는 듯하다. 내가 더 부자임을 자랑하려는 듯 정신이 없다. 하지만 그러거나 말거나 보는 나는 연말연시를 느낄 수 있어서 명동 거리 대신 빌라촌 거리를 걷는다. 한국도 대표적으로 서래 마을이 프랑스 마을이 아니던가. 한 동네에 현지인들과 외국인이 공존하며 사는 곳이 푸미흥이다. 만 5년을 넘기고 6년째 살고 있는 나. 예젠 비린내로 못 먹던 어성초, 이 풀이 들어간 베트남 국수를 먹는 모습에 베트남 친구 탐(THAM)이 말한다.

"원장님도 이제 베트남 사람이 다 됐어요."

베트남에 이미 스며들었는지 모르겠다. 날씨에 익숙해지고 고수에 적응해 가고 사람에 정들어가는 게 힘들지 않다. 만약 푸미흥이 아닌 다른 곳에서 나는 잘 적응하며 살 수 있었을까? 아마도 나는 잘 살고 있을 거다. 베트남이 좋으니까.

퍼(Pho), 분짜(Bun Cha), 껌승(Com Suon)

국수의 천국, 오늘은 무얼 먹을까?

여행지에 가서 즐겁고 행복했던 기억으로 남기려면 크게 2가지만 만족하면 된다. 첫째로 음식에 만족하고, 둘째로 잠자리에 만족하면 그 여행은 성공한 거다. 물론 경비나 함께하는 동반자도 매우 중요하다. 이 부분은 여행 계획에서 이미 만족하고 시작한다는 전제를 둔다. 내가 베트남에 빨리 스며들 수 있었던 가장 큰 이유는 음식이다. 베트남은 쌀 수출량이 2022년 기준으로 1위 인디아, 2위 태국 다음으로 많다. 밀가루보다 쌀이 더 싸다는 말이다. 우리나라의 백반처럼 베트남 가정식 메뉴도 다양하게 있지만 가짓수대로 돈을 지불해야 하는 이유로 저렴하다고 볼 수 없다. 하지만 쌀국수 한 그릇으로 한 끼를 충분히 때울 수 있는 국수야말로 스트릿 푸드 Street food 의 왕중왕이다. 싸고 온 국민의 애착 음식이다. 토종 입맛을 가진 나 또한 일주일에 한 번 이상은 찾아 먹는다. 그만큼 찾게 하는 매력적인 맛을 지닌 음식이다. 한 그릇에 한국 돈 천 원에서 오천 원까지 가격대가 다양하지만, 맛도 차이가 있다.

2023년 5월 초, 베트남 달랏 Dalat으로 2박3일 짧은 여행을 다녀왔다. 달랏 또한 저마다 베이스 소스의 노하우를 가진 쌀국숫집이 많았다. 달랏 나이트 마켓, 흔히 야시장이라고 하는데 MBC '나 혼자 산다 -팜유 편'에서 야시장, 쌀국수, 베트남 샤부샤부로 달랏 몰이를 톡톡히 해낸 프로그램이 생각난다. 맛집을 잘도 찾기도 했지만, 어찌나 맛있게 먹던지 보는 내내 꼴딱꼴딱 침이 넘어가 힘들었던 기억이 난다. 나는 음식을 맛있게 먹는다. 웬만한 음식은 가리지 않고 잘 먹는 편이다. 이 장점이 베트남에선 필요가 없었다. '싫은 매는 맞아도 싫은 음식은 못 먹는다.'는 속담이 있지만 베트남 웬만한 쌀국수는 다 맛있다. 가게마다 육수 내는 법이 다르고 국수에 얹는 고명이 달라서 어떻게 꾸며 먹느냐는 먹는 자의 기쁨이다.

'오늘 무얼 먹을까?' 하고 고민한다면, 첫 번째 음식으로 '퍼 Pho'(베트남 자판 서비스가 안 되어 성조 표시가 빠져 있다.)다. 퍼 Pho는 쌀국수를 칭한다. 베트남 거리를 지나다 보면 수없이 쓰여 있는 퍼 Pho 문구를 볼 수 있다. 그만큼 대중 음식이고 어디서나 흔히 먹을 수 있는 국민 소울푸드다.

함께 나오는 허브 종류가 가게마다 달라 나에게 맞는 향의 허브를 넣어 먹으면 된다. 쌀국수 한 그릇 위에 수북이 야채를 올려 그릇 안에 소고기와 함께 소스에 찍으면 그 조합이 끝내준다. 혹자는 허브 향 때문에 못 먹는 경우를 종종 본다. 허브를 빼고 담백하게 진한 국물만으로도 쌀국수의 풍미를 즐길 수 있으니, 걱정은 말자. 가게 주인아주머니께서 한국 여자가 자주 와서 쌀국수 먹는 모습이 예쁘기도 하고 고마웠는지 갈 때마다 넴Nem, 베트남 튀김만두를 내주셨다. 라이스페이퍼로 해산물과 야채를 다진 속을 정사각형으로 만들어 튀겨내는 음식이다.

"얼마나 맛있게요"

중국에 직사각형 춘권과 모양이 다르다. 처음 이 국물에 홀딱 빠져 갈 때마다 종류별로 주문해서 먹고 헤어 나오질 못했던 몇 달이 있었다. 다음 소개할 이 음식을 맛보기 전까지는 말이다.
바로 분짜 Bun Cha이다. 쌀국수에 허브, 불맛이 제대로 밴 숯불 돼지고기 동그랑땡과 삼겹살이 함께 나오는 나의 최애 고기국수다. 제주도 고기국수가 생각나겠지만 전혀 다른 모양과 맛을 품은 가성비 으뜸인 요리이다. 개인적으로 삶은 고기보다 굽거나 튀긴 고기를 좋아하는 나의 식성엔 안성맞춤이다.

쌀국수 면발보다 얇은데 우리나라 소면 굵기와 같다고 생각하면 될 듯하다. 여기도 맑은 갈색 소스가 따끈하게 한 그릇 담겨 나온다. 딱딱한 망고와 당근이 들어 있다. 맛있는 음식의 생명은 비주얼이 아닌 각 재료의 맛 궁합이다. 어떻게 따끈한 소스에 망고를 고명으로 띄울 생각을 했을까? 당근으로 색감을 더하여 주고 면을 적셔 후루룩 입안으로 빨아올리는 소리까지 이미 이 음식 만든 이는 먹방 ASMR를 생각했나 보다. 분짜 앓이는 지금도 진행 중이다. 나는 주 2회 이상 꼭 먹는다. 분짜 가게 앞에 달려가 있는 나를 생각만 해도 너무 좋다. 베트남은 물이 공짜가 없다. 짜다 TraDa, 시원한 차라고 해서 우롱차나 녹차를 우려 차갑게 나오는데 내가 가는 분짜 식당은 짜다가 서비스다. 차 맛도 진하니 좋다. 인심도 후한 이 식당을 사랑할 수밖에 없다.

자, 국수만 먹자니 왠지 채워지지 않는 허기가 밀려올 때쯤 여기서 탄수화물의 제왕, 밥이 나와야 하는 이유다. 세 번째, 껌승 Com

Suon이라고 하는 돼지갈비 덮밥이다. 베트남은 찰기가 없고 날아가
는 쌀로 안남미(알랑미)를 사용한다. 모이지 않는 밥알들, 어찌나 낯
설던지. 함께 나온 돼지갈비가 없었다면 그다지 찾고 싶지 않은 음식
목록에 추가했을 거다. 우리가 잘 먹는 파인애플 볶음밥도 입안에서
날아다니는 이 쌀로 만들었다. 껌승에 돼지갈비는 한국 돼지갈비와
맛이 비슷하다. 그래서 익숙한 맛에 적응하기 쉬웠다.

   이 음식의 숨은 공로자는 느억맘 Nuoc Mam, 베트남 전통 젓갈
간장이다. 액젓 간장을 밥에 뿌려 비벼 먹는 게 상상이 안 될 것이다.
'로마에 가면 로마법을 따른다'고 베트남에 오면 베트남식으로 먹어
보는 걸 나는 적극 추천한다. 베트남 피클도 항상 곁들여 나와서 맛
보기도 좋다. 나는 매 주일 아침 예배 후 김 대표 내외와 이 세 가지
음식 중 하나를 골라 먹는 일이 일과가 되었다.
   내가 호찌민에 만 5년을 생활해 보았는데 쌀국수의 종류가 다양하
다는 거다. 돼지갈비 국수 반깐꺼이 Banh Canh Cay, 생선 쌀국수

반깐까록바타오 Banh Canh Ca Loc Ba Thao, 하노이식 쌀국수, 베트남 남부지역 국수 후띠우 Hu Tieu, 바나나꽃이 허브로 나오는 소고기 국수 분보후예 Bun Bo Hue 등 찾아 먹는 재미가 있는 국수 천국이다. 쌀국수는 밀가루와 달라 소화가 잘된다. 그래서 위의 부담이 적고 야채까지 섭취하다 보니 장 활동도 활발하다. 옛 어른들의 말씀에 '국수는 먹고 일어나 뒤돌아서면 바로 배가 고프다'고 하셨던 말이 기억난다. 베트남 쌀국수가 그렇다. 두, 세 시간 후면 배가 고프다. 언제든 기회가 되어 베트남 호치민에 온다면 국수를 꼭 맛보기 바란다.

비 님이 오니 조으다

지금 혹시 비멍 중?

베트남에 우기가 시작되었다. 보통 5월부터 시작해서 8월, 좀 더 길면 9월까지 비가 내린다. 여행객들이 여름휴가를 맞아 이 시기에 방문하면 하루에 두세 번씩 비를 맞아야 하는 상황에 놓인다. 자칫 여행 와서 비 온 날만 추억으로 가져갈 수 있다. 물론 이 또한 해외에서 경험하는 아름다운 일로 여길 수 있다. 베트남 여행을 계획한다면, 11월부터 다음 해 1, 2월까지의 건기 시즌을 추천한다. 추운 한국 날씨를 피해 따뜻한 베트남으로 피한을 가는 것이다.

나는 비를 무척 좋아한다. 비가 오는 날이면 어김없이 친구들로부터 문자가 온다.

"비를 좋아하는 내 친구, 행복한 하루 보내"

"비 오면 미쳐버리는 너를 생각하며…"

"지금 혹시 비멍 중?"

2019년 3월에 도착한 그해는 비까지 일찍 내려 베트남에 머물 결심을 더 굳혀주었다. 하루에 한 번 이상 10분에서 30분씩 폭우가 쏟아진다. 거리에 물이 넘쳐나는 모습이 인상적이다. 배수가 잘 안돼서 그런 경우도 있지만, 워낙 한 번에 쏟아지는 비를 감당하지 못해 발생하는 일상적인 모습이다. 러시아워에 겹치면 물 반 사람 반이 된 도로가 진풍경이다. 나도 퇴근할 때 바지를 걷어 올리고 크록스 신발로 갈아 신고 집까지 간다. 집과 직장은 걸어서 10분 거리로 가깝다. 흔히 우리는 똥물이라고 표현하는데, 이 똥물을 헤치며 나는 집으로 향한다. 피할 방법이 없다. 오롯이 이 똥물도 내가 좋아하는 비의 변신이라 여기며 받아들이며 간다.

자주 그랩을 타고 가다 비가 오면, 항상 오토바이에 준비된 우비를 그랩 라이더와 함께 입는다. 목적지에 바로 가거나 잠시 비가 그치기를 기다린다. 도로 위 출렁이는 물멍도 좋고, 달리는 우비 위로 떨어지는 빗소리는 더욱 청량해서 좋다.
"오빠, 달려~!"

이렇게 외치고 싶은 비 오는 날의 라이딩이다.

베트남은 비가 오면 움직이지 않는다. 비 오는 날 그랩을 잡는 일은 하늘의 별 따기다. 배달도 그랩도 모든 행동이 멈춘다! 모든 예약도 취소되고, 그날은 공치는 날이다. 한국과 달리 날씨로 인한 경제 활동의 마비가 이렇게 즉각적으로 나타날 줄은, 직접 보고 나서야 깨달았다. 그래서 우기 시즌에는 매출이 좋지 않다. 하지만 나에게 비 오는 날은 기분 째지는 날이다. 날이 흐려도 좋고 그로 인해 비가 오면, 비를 맞는 것부터 시작해서 비가 떨어지며 내는 소리와 비 오는 거리의 풍경. 황급히 비를 피해 어느 건물 처마 밑이나 길거리 야자수 밑에서 비가 그치길 기다리는 사람들의 모습을 보는 것도 좋다.

나는 베트남에서 장화 신은 사람을 단 한 명도 보지 못했다. 거의 매일 비가 오다 보니 물 빠짐이 좋은 슬리퍼를 많이 애용한다. 우산도 마찬가지다. 오토바이를 이동 수단으로 타고 다니는 베트남 사람들은 비가 와도 뙤약볕이 쏟아져도 우산을 쓸 수가 없다. 베트남 인터넷 쇼핑몰에서 장화와 우산은 비인기 품목에 속한다. 오프라인 매장은 찾아보기도 어렵다. 단, 한국 아줌마들은 다르다. 챙이 넓은 모자부터 양산에, 우산에, 선글라스에 챙길 게 너무 많다. 나 또한 한국 아줌마의 한 명으로 우산과 선글라스, 목덜미까지 햇빛을 가려주는 일체형 모자를 구비해 걸어서 10분 이상 이동하는 거리는 꼭 착용하고 나간다.

베트남 인터넷 쇼핑몰의 제품의 90%가 made in China로 가격이 저렴하다. 대표적인 베트남 인터넷 쇼핑몰은 라자다(Lazada)와 쇼피(Shopee)이다. 라자다는 품질이나 서비스가 잘 되어있다. 그래서 한국 아줌마들은 라자다를 선호한다. 반면 쇼피는 상품의 다양성과 저렴한 가격으로 많은 베트남 사람이 애용한다. 그래서 제품의 질이나 내용물에 대한 의심을 가져야 하는 이유가 있다. 베트남 인터넷 쇼핑몰은 후불제가 가능하다. 그래서 제품에 이상이 있거나 고객 변심으로 그 자리에서 물건을 반품할 수 있다. 한번은 베트남 직원이 제품 판매 온라인 사이트를 다 확인하고 비스킷을 여러 통 주문했는데 12개의 비스킷이 들어 있어야 하는 상자 안에 비스킷이 8개밖에 없었다. 핸드폰 박스 안에 벽돌 넣어 온 것 같은 황당함을 직접 보니 어이가 없었다.

또 한 번은 유니폼을 꼼꼼히 살피고 올려진 치수에 맞게 색상을 골라 주문했는데 10일이 지나도 택배가 도착하지 않은 것이다. 확인 결과 주문 누락이 되었다. 이런 일들은 베트남에서 흔하다고 한다. 견과류 주문 사건도 웃음이 나온다. 호두 5봉지, 아몬드 5봉지를 주문했는데 아몬드가 부족하다며 호두 8봉지와 아몬드 3봉지를 자기들 마음대로 배송을 한 거다. 어찌나 황당하고 웃음만 나오던지 한국에서는 있을 수 없는 일이 여기는 가능하다.

베트남은 비 오는 날씨도 좋고 이런 황당하고 어설픈 상황들도 재밌고 예측 불허한 사건의 연속이지만, 나는 오늘도 행복한 비멍 중이다.

나는 행복합니다.

내가 행복한 이유

"나는 행복합니다, 나는 행복합니다. 정말 정말 행복합니다."

연신 흥얼거리게 되는 노랫말이다. 고전이 된 가수 윤항기, 지금은 목사가 되신 분의 '나는 행복합니다'를 비롯해 이문세의 '나는 행복한 사람' 노래가 절로 생각난다. 행복을 누리기 위해선 스스로 행복한 삶을 만들어야 한다.

행복한 삶은 대부분 단순하다. 사람됨으로 자족할 줄 알아야 하고, 일할 때는 부족함을 알아야 하며, 학문을 익힐 때는 절대 만족하지 말아야 한다. 모든 일을 억지로 몰아가지 말고 단순할수록 좋다는 사실을 기억하라. - 소크라테스

행복하기로 결심하는 순간, 절망은 저 멀리 사라지고 행복이 찾아온다, 정말 그럴까? 마음먹는 게 뭐 어렵다고! 베트남까지 와서 인생 제2막을 펼치려는 나에겐 아무것도 아니다. 사람이 생각을 말로 내뱉으면 행동할 확률이 높아진다. 행동은 습관을 만들고 습관은 결과를 가져다준다. 벌써 한 단계 행복으로 나아가는 것 같다.

나는 시간을 쪼개서 사용하는 데 익숙하다. 베트남에서도 마찬가지다. 매일 할 일과 주중에 할 일을 계획하고 기록하는 습관을 지니고 있다. 꼼꼼히 적힌 다이어리를 보면 학교 교실 내에 시간표를 연상하게 한다. 나는 시간 안에 나를 집어넣고 사는 게 즐겁다. 시간을 다스리는 자, 시간을 끌고 가는 자가 되라 하는데 나는 시간 안에 들어가 있길 원한다. 그 안에서 내가 살아있는 걸 느낀다.

베트남은 한국보다 2시간이 늦다. 빠른 71년생이 70년생과 학교 입학을 해서 일 년 득을 얻은 것처럼 2시간을 거저 얻는 느낌이다. 나는 매일 하루 중 30분에서 1시간을 책 읽기, 운동, 기도의 시간, 글쓰기에 투자한다. 하루 한 장, 하루 한 개, 하루 한 번이면 된다. 주중에는 취미생활로 시작한 줌바 댄스 수업과 탁구, 성경 공부 모임을 하고 있다. 한국에서는 수업비도 만만치 않지만 이동 시간으로 인해 시간이 모자랄 판이다. 하지만 이곳 베트남 푸미흥 안에서는 이 모든 게 내 생활권 안에 있어 이동도 용이하고 시간도 절약할 수 있어 꿈에 그리던 여유를 시간에 담아 생활하고 있다.

나를 행복하게 해주는 특별한 것은 마사지다. 동남아 해외여행 일정을 잡을 때 조석으로 마사지 일정을 넣어 받았었다.
'집에 전용 마사지사가 있다면 얼마나 좋을까?'
생각은 베트남에 와서 이루어졌다. 노곤한 내 몸을 한 시간 맡기면, '여긴 어디? 나는 누구?'하며 하루의 피곤함을 풀고 나온다. 저렴한 가격에 집 가까운 마사지 숍을 선택해 자주 이용하고 있다. 또 하나, 한국에서는 머리를 자르거나 펌을 하고 나서 감겨주는 샴푸 서비스를 여기서는 단독으로 상체 마사지까지 포함해서 받을 수 있다. 한국 돈 4천 원부터 1만 원 사이에 여러 혜택을 받을 수 있다. 네일 숍은 가격이 더 훌륭하다. 현지인이 운영하는 네일 숍은 기본 손, 발 관리가 각각 2천 원 정도이며 칼라 체인은 7천 원에서 1만 원 사이이다. 한국에서는 있을 수 없는 가격이지만 여기 베트남은 된다. 베트남은 팁 문화가 있다. 서비스가 맘에 들지 않았다면 주지 않아도 되지만 보통 5천 원에서 1만 원 선에서 팁을 준다.

내가 머무는 My Tu 서비스 아파트 1층엔 로컬 베트남 카페가 있다. 세계 커피 생산국 3위에 걸맞게 길지도 않은 골목에 로컬 카페가 여섯, 일곱 개나 즐비하다. 커피도 싸고 맛도 좋다. 아침 6시, 눈을 뜸과 동시에 살아 호흡하고 있음에 감사 기도를 한다. 간단히 차려입고 바로 앞 공원을 산책한다. 돌고 들어오는 길에 찰밥 파는 할아버지 노점에서 찰밥 한 덩이를 육백 원에 사서 딸랑딸랑 들고 온다. 이미 해는 뜨겁게 떠올라 있지만 아침 바람 덕분에 모닝커피를 즐길 수 있다. 찰밥과 카페 모이(Caphe Muoi: 소금 커피)한 잔의 조합은 단짠단짠 그 자체다. 블랙커피와 김밥의 조화처럼 정말 찰떡궁합이다. 우리 집 로컬 카페의 시그니쳐 소금 커피와 신선한 착즙 과일 주스는 최고다. 착즙 주스를 천오백 원에 마실 수 있는 행복을 감사하며 맘껏 즐긴다.

"아, 행복해."

이런 아침의 여유를 가질 수 있음에 감사했다.

"이게 바로 행복이지."

행복을 안고 집으로 올라간다. 아침을 간단히 먹은 후라 씻고 책상에 앉아 북 모임을 위한 책 읽기를 '포모도로 기법'(25분 읽고 5분쉬는 방식)으로 1시간을 보낸다. 나에게 큰 성장을 가져다준 모임이 'MKYU 해외 북 모임'이었다. 2021년 코로나로 인해 발이 묶인 상황에서 우연한 기회에 유튜브 '북 드라마tv' 김미경 강사의 영상을 통해 위로를 받던 중 유튜브 대학 MKYU를 알게 되었다. 그 안에서 해외 거주하는 사람들끼리 온라인으로 책을 읽고 주제 토론의 시간을 갖는 해외 모임방이 있다는 소식을 접했다. 호치민에도 나와 같은 마음을 가진 사람들이 있길 희망하며 신청한 북 모임. 필리핀, 일

본, 태국, 베트남 여러 나라에서 모인 4명의 '책 읽는 노마드 북 모임'은 2024년 9월이 오면 만 3년이 된다.

나는 배움에 늘 고픔이 있다. 배움의 결과보다 과정을 더 좋아한다. 각자 살고 있는 나라에서의 근황들, 함께 하는 이들이 갖는 다름의 소통, 듣는 마음의 자세, 나와의 싸움 등, 배고픔을 채워 준다. 그래서 또 행복하다.운동은 지루하지 않고 오래 하고 싶어서 요일별로 다르다. 월요일은 탁구 2시간, 교인분들과 친교의 시간을 나눈다. 화요일과 금요일은 필라테스, 목요일은 줌바 댄스, 지역 주민들과 소통하며 나눈다. 주말과 나머지 요일에 걷기 1시간을 베트남 친구인 탐(THAM)과 걸으며 나눈다. 노년의 근육 1kg을 유지하기 위해 맘먹고 실행 중이다. 여기도 필라테스 비용이 비싸다. 1회 150만 동, 한국 돈 8만 원 정도인 셈이다. 횟수를 많이 하면 할인도 높아지는데 그래도 3만 5천 원 정도 비용을 지불한다. 베트남 실정에 비추어 비싼 운동이다. 하지만 미래를 위해 재테크도 하고 근테크(근력강화)도 열심히 하고 있다.

하루 중 나의 시간이 전환되는 장소가 있다. 공간과 공간을, 감정과 감정을 전환하고 싶을 때 나는 마트를 간다. 짧은 동선의 마트 안을 걸어 다니며 나는 일의 허물을 벗을 은둔의 시간을 갖는다. 일의 무게를 집까지 가지고 가지 않겠다는 의지와 새로운 시간으로 들어가는 틈 사이에 마트를 집어넣었다. 이곳에서 나는 변신한다. 일터의 나와 퇴근 후 나의 다른 모습으로 말이다. 내 안에 여러 '내가' 있는데 잘 꺼내 사용할 줄 알아야 한다. 사람은 저마다 자기만의 쉼을 느끼는 공간이나 시간을 지니고 있을 거다. 나는 그곳이 마트다. 숨을 고르고 싶을 때 고요 속으로, 큰 외침으로, 몸짓으로, 오히려 군중 속으로 들어간다. 이 또한 행복을 찾는 방법의 하나다.

이렇게 보니 우습게도 다시 연예인 스케줄이 되어버린 일상이다. 하지만 한국에 있던 내 스케줄과 베트남의 내 스케줄의 퀄리티는 확연하게 다르다. 한국에서도 나는 행복했다. 지금의 나도 행복하다. 여기에 내가 행복한 이유가 있다.

'행복은 결과가 아닌 과정 그 자체라는 것이다.'

베트남에서 나는 하루라는 시간 안에서 즐기고 느끼고 감사하고 공유하며 나눈다. 이 과정이 행복이다. 하루하루가 행복이길 바라지만 그렇지 않더라도 나는 행복을 만들 수 있기에 나는 행복한 사람이다. 그리고 나는 지금 행복하다.

호찌민에서 아침을

티파니에서 아침을

영화 '티파니에서 아침을' 주인공 오드리 헵번은 검정 이브닝드레스, 틀어 올린 머리 위엔 티아라, 얼굴을 반이나 가린 검은 안경. 그녀는 티파니 보석상을 활보하며 흥미로운 눈빛으로 보석을 바라본다. 한 손에 빵을 들고, 우아한 몸짓으로 새벽 거리를 리드미컬하게 걸어가는 그녀. 아파트 비상계단에서 기타를 치며 "Moon River"를 흥얼거리는 오드리 헵번의 모습이 호찌민에서 아침을 여는 나에게 데자뷔처럼 일어나길 기대해 본다.

나는 오늘도 아이폰 알람에 깼다. 지끈 묶어 올린 똥 머리, 밤새 잠을 설친 덕분에 다크서클이 턱까지 내려왔다. 한 손에 물컵과 유산균 한 알을 입안에 털어놓고 잠에서 덜 깬 몸짓으로 무겁게 체중계에 오른다. 책상 위 노트북에서 아파트 비상계단에서 기타를 치며 흥얼거리는 오드리 헵번의 'Moon River'가 흘러나온다. 이만하면 데자뷔 맞지?

나는 아침에 눈을 뜰 때 하는 행동이 있다. 침대 시트 위를 천사 날

갯짓을 하듯 위아래로 내젓는다. 사락사락 시트 마찰 소리에 오늘 아침도 기분이 좋다. 나는 이렇게 호찌민에서 아침을 듣는다. 언제부터인지 모르겠다. 아침 지저귀는 새소리에 빠져 새소리 멍도 잘 때린다. 호찌민 푸미흥은 나무가 많은 편이다. 가로수 나무마다 꽃이 피는 모습에 홀릭 됐던 순간이 한두 번이 아니다. 그 나무 사이에서 보이지도 않는 작은 새들의 소리는 가던 길을 멈추게 하고 나무 위로 시선을 모으기에 충분했다. 이 관심은 유튜브 채널 '새 덕후'까지 구독하게 했다.

나의 호찌민 아침은 빨리 시작한다. 블라인드를 걷어 올리면 시작되는 공기 반 햇살 반, 비가 와도 좋다. 좋은 날이 많은 호찌민은 빨래 말리기에 딱이다. 나는 옥상에 빨래 널기를 즐긴다. 한국 도심에서는 더 이상 볼 수 없는 옥상 빨랫줄. 햇볕에 바짝 말려진 보송한

빨랫감이 빨랫줄에 걸려 팔랑거리는 모습은 내 어릴 적 우리 집 빨랫줄에 걸린 빨래들을 떠올리게 한다. 그 시절 햇살은 더 반짝임이 풍성하게 떠오르는 건 내 착각일까?

호찌민 저녁은 해가 지면 시작된다. 낮 동안 데워진 도로 위는 어느새 숨이 죽어 시원해진다. 이른 저녁부터 사람들은 걷거나 뛰기 위해 집 밖으로 나온다. 내가 겪은 호찌민은 열대야가 없다. 숨이 턱턱 막히는 무더위가 밤엔 없다. 한국은 한여름 밤이면 더위를 식히기 위해 한강 고수 부지로 나온다. 시원한 캔맥주와 배달 치킨을 시키는 국룰을 사명으로 알고 더위와 함께 시작되는 사투가 눈에 그려진다.

"I am between job."

'나는 일 사이에 있다.' 즉, 일하지 않는 상태에 있다. 2024년 2월 6일로 직장을 마무리하고 한국을 5주 정도 다녀온 뒤 100일을 잡고 무직 상태에 들어갔다. 한국에서의 내 상황이었다면 생각도 못 할 일이다. 일없이 100일을 내가 견딜 수 있을지 상상이 안 되기 때문이다. 한 번도 직장을 한 달 이상 쉬어 본 적이 없기도 했고 이직 시 틈을 만들 생각도 못 했다. Mr.서 쌤이 이렇게 말했다.

"이런 긴 기회는 네가 은퇴를 하기 전엔 거의 오지 않는 시간이 될 거야. 너 혼자만의 시간을 오롯이 가질 수 있는 시간."

이 기간에 나는 '나를 만드는 시간'으로 크게 두 가지에 집중하기로 했다. 먼저 몸 근육 만들기 일명, 근테크를 60일 진행 중이다. 미사시(미래를 사는 시간), 인터넷 카페 모임으로 60여 명의 회원들과 매일 줌 Zoom으로 만나 운동하고 식단 인증, 카페에 올리는 수고를 통해 서로가 서로에게 응원과 독려를 아끼지 않는다. 그리고 글쓰기 작업을 통해 '공동 책 출간하기'에 도전 중이다. 6명의 작가님과 함께 작업 중이며 저마다의 필력으로 자신의 이야기를 써가고 있다. 지금 이 기간이 또 한 번 내 인생의 터닝 포인트가 되었으면 한다. 최근에 북 모임에서 〈빠르게 실패하기-존 크럼볼츠, 라이언 바비노 지음〉라는 책으로 토론한 내용 중 일부를 발췌했다.

"성공 그리고 즐거움과 행복의 답을 우리는 '작은 행동'에서 찾았다."

"만약 삶을 변화시키고 싶다면 지금 당장 즐거움을 만끽할 작은 행동을 시작하라."

"작은 행동을 많이 해볼수록 더 만족스럽게 살 수 있다."

"미루지 마라, '미루기' 야 말로 꿈을 앗아가는 일등 공신이다."

미루지 않고 작은 행동을 바로 행하는 삶으로 변화하고 싶다. 그 변화 과정을 행복으로 느끼는 행복한 사람이 되고 싶다. 작은 성공들이 쌓여 행복으로 담겨 오면 매일 호찌민에서 아침을 맞는 나는 행복한 사람이다.

마음 공간

조은

작가 조은

누구보다 열심히 살아갑니다.
매일 꾸준히 다이어리를 적고 운동을 합니다.
인문, 고전, 철학책을 읽고 세미나를 합니다
딸에게 남길 한 권의 책을 쓰고 있습니다.
모든 것을 다 가진 행복한 사람입니다.
아무것도 가지지 못한 가장 가난한 사람입니다.

프롤로그

사람들은 나를 보면 행복해 보인다고 한다.
곁에서 보이는 모습도 중요하다.
나의 고통과 아픔이 겉모습에 보인다면
그건 더 비참하니까
고통은 삶의 가치를 깨닫게 한다.
그래서 어려움을 이겨냈을 때 더 값지게 살아갈 수 있다.
진주조개가 상처를 회복하기 위해
진주를 만들어내는 것처럼 말이다.
나의 이야기에 공감하지 못하고 의문을 제기하는 사람들도 있었다.
그런 사람들은 운이 좋은 사람이라고 생각한다.
다 핑계라고 말하는 사람도 있었다.
나는 그렇게 말할 수 있는 사람들이 부러웠다.
나의 이야기는 마음이 아픈 사람들을 위로했다.
나의 이야기를 들으면 사람들은 스스로 위로받았다.
평범해 보이지만 자신보다 더 아픈 상처가 있어서 위로되었다고 생각한다.
적어도 자신은 더 좋은 환경을 가지고 있어 오히려 감사했기 때문일 것이다.
마음에 상처와 아픔을 안고 아직 용서하지 못했다면
지금 인문 고전 100권을 읽어야 할 때이다.
어려운 철학책이 아니라 성장소설부터 완역본을 읽기를 제안한다.
용서가 아니라 상대를 이해하게 될 때 모든 것이 자유로워진다.
지나온 시간은 마음에서 정리해야 공간이 생긴다.
앞으로의 삶을 만들어갈 공간이다.
새로운 기대와 희망을 담을 공간이다.
내 마음이 많이 자라 있어 이제는 온기가 채워진 공간이다.

-수안-

목차
프롤로그

에필로그

1부 알고 있는 죽음 : 예고 없는 순간

죽는 사람은 빈손으로 간다.
그래서 죽음은 남겨진 사람의 몫이다.
남아있는 사람들에게 무엇이 남겨지는지
먼저 생각해야 하는 이유이다.

시아버님 : 편히 쉬세요.

시아버지가 돌아가셨다. 밤 11시 30분 요양보호사에게 전화가 왔다. 수안은 바로 119를 부르고 시아버지 댁으로 달려갔다. 10분도 채 되지 않아 도착했다. 119와 함께 집으로 들어갔다. 11시 45분 시아버지가 돌아가셨다. 숨이 멎어도 2시간 정도 혼이 남아있다고 책에서 봤던 기억이 났다. 수안은 시아버지께 말했다.

"아버님 애쓰셨어요. 편안하게 가셔도 되어요. 어머니 걱정은 하지 마세요. 아버님 그동안 많이 아프셨는데 이제 아프지 않아도 되네요. 너무 애쓰셨어요. 편히 가세요. 아버님 사랑해요."

10년 전 시부모님은 두 분 모두 건강했다. 2년 후 시아버지가 목욕탕에서 발을 헛디뎌 넘어지고 척추에 쇠심을 2개 넣는 수술을 하고 퇴원했다. 시간이 걸렸지만, 다행히 건강을 회복하셨다. 이때쯤 시어머니는 무언가를 반복해서 물어보기 시작했다. 병원에서 받은 진단명은 경도인지장애. 우리가 알고 있는 치매 초기 증상이었다. 두 분은 금실이 좋아서 항상 손을 꼭 잡고 산책하며 슈퍼에 들러 간식거리를 사 왔다. 어느 날 슈퍼에 다녀오다 인테리어 공사 적재물에 발끝이 걸려 시아버지는 또 넘어졌다. 지난번 척추 수술을 하고 나서 2년 정도 지난 후였다. 척추에 금이 갔지만 수술은 할 수 없는 상황이라 병원에서 뼈가 자연적으로 회복되기를 기다려야 했다. 시간은 걸렸지만, 또 이겨 내셨다. 시아버지는 3년 후 담석증으로 2주간 입원을 했다. 코로나 시기였기 때문에 전담 간병인을 두고 보호자도 1명만 돌볼 수 있었다. 그 보호자는 당연히 수안이었다. 지난 몇 년 동안 시아버지는 전립선염으로 수안과 자주 병원에 다녔다. 그러는 동안에도 시아버지는 항상 건강했고, 시어머니의 치매는 진행되었기 때문에 관심과 걱정은 시어머니를 돌보는 것에 집중되어 있었다.

16년 반려견 : 몰라서 미안해

4개월 전 추석 때였다. 유난히 길었던 연휴의 마지막 날은 개천절이었다. 이날 16년을 함께 한 수안의 반려견 누리가 하늘나라로 갔다. 몰티즈 수명이 평균 13년이라고 하니 명보다 더 살았다. 최근 2년 동안 건강 상태는 서서히 나빠졌다. 눈도 잘 보이지 않고 귀도 들리지 않고 관절은 점점 휘어지고 뒷다리는 힘이 풀려 자꾸 미끄러졌다. 누리가 가장 좋아하는 것은 수안과 뽀뽀하는 것이었다. 지난밤, 뽀뽀를 하는 데 입냄새가 심했다. 양치를 시키니까 누리가 너무 힘들어했다. 아침이 되어 다시 뽀뽀하는데 여전히 입냄새가 심했다. 다시 양치시켰다. 그런데 잇몸과 혀가 검게 변해 있었다. 병원에 데려가 혈액검사를 한 결과, 신장 기능이 '0'이었다. 입에서 냄새가 났던 이유를 그제야 알게 되었다. 신장 기능이 멈추어서 냄새가 역류했던 것이다. 그것도 모르고 양치만 시켰으니 이 지경이 되도록 통증 때문에 얼마나 아팠을지 생각만 해도 가슴이 찢어졌다. 수안은 반려견을 처음 키워봤고 반려견을 돌보는 법을 잘 몰랐다. 그냥 밥

먹이고 산책만 시키면 된다고 생각했다. 무식이 죄라는 말이 딱 맞았다.

　그렇게 누리를 보냈다. 수안이 자기 마음 편하자고 더 붙잡고 있으면 모든 시간 동안 통증과 아픔은 고스란히 누리가 감당해야 하는 것이었다. 누리의 고통을 생각하면 조금이라도 지체할 수 없었다. 그렇게 그날 밤 누리를 보냈다. 우리 집에 와 주어 고맙다는 말, 미안하다는 말, 너무 사랑한다는 말만 나왔다. 아무리 미안하다고 해도 미안함이 줄어들지 않았다. 그리고 수안과 그녀의 가족은 아직도 아프다. 못 해준 것만 떠올라 미안하고 또 미안하다. 수안을 바라보고 이해해 주고 위로해 주며 사랑만 주었던 누리에게 수안은 바쁘다고, 귀찮다고, 힘들다고 못 본 체했었다. 그 모든 순간이 선명하게 떠올랐다. 무식했던 것이 첫째 죄목이라면, 무정했던 것이 두 번째 죄목이었다. 그리고 갚을 기회 없이 평생 눈물 흘리며 아파해야 하는 것이 수안의 죗값이었다. 누리를 보내고 나니 세상에 모든 것이 무의미했다. 그 무엇도 할 가치가 없었다.

　그렇게 슬픔과 낙심으로 3일을 보냈다. 시아버지에게 전화가 왔다. 기침이 나오고 열이 난다고 했다. 간이 검사 결과 코로나였다. 코로나 치료제를 먹으면 보통은 증상이 호전된다고 한다. 그런데 시아버지는 호전되지 않고 계속 미열이 있었다. 동네 병원에 가서 엑스레이를 찍었는데 바로 큰 병원에 입원하라고 했다. 코로나는 처음에 우한 폐렴이라고 알려진 것처럼 폐렴 증상으로 이어진다. 바로 병원에 입원했지만 호전되지 않았다. 그리고 약물을 쓸 때마다 부작용이 생기고 입원기간이 오래될수록 욕창이 생겼다. 회복이 되는 것이 아니라 점점 나빠지는 것은 연세가 있으니 어쩔 수 없어 보였다.

모든 상황은 조금씩 나빠져 갔다. 가랑비에 옷 젖듯이 옷에서 물이 뚝뚝 떨어지고 점점 옷의 무게가 느껴졌다. 가랑비가 금세 그칠 줄 알았다. 비가 그치면 하늘이 맑게 갠다고 희망을 품었다. 희망으로 열심히 했다. 열심히 하다 보면 그칠 거라고 모두가 생각했다. 그런데 가랑비는 그치지 않았다. 아무리 조심해도 옷은 젖었다. 물이 한 방울씩 떨어졌다. '이제 곧 그치겠지', '이 정도는 말리면 되지!' 하는 믿음은 계속되었다. 하지만 가랑비는 이제 빗줄기가 되어 내렸다. 옷은 다 젖고 피할 곳도 없는데 하늘은 먹구름이 가득했다. 옷이 무거워서 이제 움직이지 못한다고 하나 둘 멈춰 서기 시작했다. 수안은 누리를 떠올렸다. 지금 멈추면, 지금 옷이 무거워서 못 본 체하면 수안은 미안해서 그 죄책감을 감당할 수 없다는 것을 알고 있었다. 수안은 옷이 무겁고 다른 사람들이 쉬고 있을 때도 스스로 할 수 있는 모든 힘을 내어 보았다. 힘들었지만 끝까지.

나 : 외면하지 않기

수안, 자신을 위한 선택이었다. 미안함과 죄책감으로 눈물 흘리고 싶지 않았다. 통증으로 인한 아픔, 정신없는 괴로움, 스스로 움직이지 못해서 누군가의 도움이 필요한 답답함, 죽음과 싸우고 있는 모든 순간을 혼자 감당해야 하는 외로움, 모든 아픔을 절대 외면하지 말자고 다짐하고 또 다짐했다.

시아버지는 끝까지 포기하지 않으셨다. 마지막 점심때 시아버지의 반짝이는 눈을 보면서 '정신이 아직도 엄청 맑으시다. '고 생각 했었다. 시아버지는 성품이 좋고 말이 없는 분이셨다. 시아버지가 화를 내신다면 그건 정말 화가 났다는 것이다. 치매 어머니의 반복되는 질문 때문에 화를 냈다 가도 금세 미안해하시는 모습에서 온화하고 선한 마음이 느껴졌다. 그런 시아버지가 통증과 마음대로 움직이지 못하는 답답함 때문에 짜증을 내고 불안해하던 시기가 있었다. 삶에 대한 본능이었는지, 죽음에 대한 막연한 두려움이었는지, 치매인 시어머니에 대한 책임감이었는지, 아픔에 대한 단순한 공포심이었는지 알 수 없었다. 몇 번을 지켜보다가 시아버지께 말했다.

"아버님, 마음 편하게 가지세요. 좋은 기억만 생각하시고, 모든 상황을 그냥 받아들이세요. 답답하고 힘드시겠지만 모두 애쓰고 있어요. 이 시간은 짜증 내고 화를 낸다고 달라지는 게 아니니까 잘 보내는 것이 중요한 것 같아요."

시아버지는 다 알아들으셨다. 마음이 아팠지만 달리 방법이 없었다. 그리고 너무 죄송했다. 그래서 더 미안하지 않도록 최선을 다하자고 또 다짐했다. 상황이 시시때때로 변하고 필요한 것들도 많았다. 수안은 시아버지가 조금도 불편하지 않도록 드시고 싶은 것, 필요한 약과 물품들을 주문하고 사 갔다.

4개월 동안 입원과 퇴원을 반복했고, 장기 요양 등급을 받고 휠체어, 전동침대, 욕창 방지 매트리스 등 집은 병실처럼 바뀌어 갔다. 건강하셨던 시아버지는 이제 혼자 일어서는 것 말고는 혼자 눕지도 걷지도 못하게 되었다. 하지만 여전히 잘 드셨다. 사람들은 이구동성 곡기를 끊어야 돌아가신다고 말했다. 시아버지가 너무 잘 드셨기 때문에 앞으로 1년 이상 사실 거라고 했다. 거동이 점점 불편해지면서 혼자 할 수 있는 것도 없고, 욕창과 구내염으로 매 순간 고통스러워하셨다. 아침에 일어나 약을 먹기 위해 아침을 드시고, TV 보다가 신문 보고 약을 먹기 위해 점심을 드시고, 낮잠 잠깐 주무시고 운동하고 약을 먹기 위해 저녁을 드시고, 상처 소독하고 TV 보다가 수면제 드시고 주무신다. 통증을 줄이기 위해 약을 먹는 것이 가장 중요하기 때문에 다른 생각은 할 수 없이 모든 일상은 규칙적으로 돌아갔다.

시아버지가 돌아가시기 이틀 전에 정성껏 카레를 만들어갔다. 매일 드시는 음식 말고 다른 메뉴를 고민하다 10가지 재료를 넣어 비건카레를 준비했다. 다행히 시아버지 입맛에 맞아서 너무 맛있게 드셨다. 하루 전에는 프랑스 가정식 라따뚜이를 만들어갔다. 이것도 시아버지 입맛에 잘 맞아 너무 맛있게 드셨다. 돌아가시던 날에는 같이 점심을 먹고, 즐겁게 웃고 시아버지 부은 다리도 주물러 드리며 평화로운 오후를 보냈다. 매일 통증과 죽음의 공포 때문에 웃지도 못하고 4개월을 보내셨다. 그날 오후는 시아버지께서 4개월 만에 처음으로 활짝 웃었던 날이었다. 수안은 내일 오겠다고 밝게 인사하고 나왔는데 그날 밤 돌아가셨다. 시아버지 연세는 93세였다.

책〈이반 일리치의 죽음〉: 통증, 무력감 그리고 외로움

4개월 전으로 다시 돌아가 보아야겠다. 수안은 톨스토이의 〈이반 일리치의 죽음〉을 읽고 있었다. 천천히 숙독하며 꼼꼼히 읽어가고 있는 중이었다. 주인공 이반 일리치는 자신의 명성과 사람들의 평판을 중요하게 생각하며, 가족보다 자신이 원하는 일들을 선택하며 살아간다. 그러던 그가 어느 날 배가 아프기 시작해 죽기까지의 이야기이다. 그는 죽음으로 가는 과정을 통해 죽음이 무엇인지 깨닫게 된다. 이반 일리치는 복통으로 병원에 간다. 의사의 처방대로 약을 먹지만 증상은 점점 심해진다. 통증이 쉴 새 없이 아파지면서 더 이상 직장에 다닐 수도 없고 스스로 할 수 있는 일이 없어져 무력감을 느낀다. 통증은 아무도 이해할 수 없고 나눌 수도 없는 것이었기 때문에 아픔과 무력감에 더해 외로움을 느끼게 된다. 왜 내가 이런 병에 걸렸는지 왜 하필 나인지 원망도 한다. 여기서 아무것도 할 수 없는 상태 이것이 이반 일리치가 말하는 죽음이라고 생각되었다. 이루지 못할 것이 없었던 이반 일리치는 무자비한 통증 가운데 너무나 무력한 자신이 할 수 있는 일을 깨닫게 된다. 바로, 나 자신이 아닌 가족, 남아있을 가족을 불쌍해하며 '용서해 줘'라고 말하고 싶어 한다. 하지만 정작 '용감해 줘'라고 말한다. 무력했던 자신이 생의 마지막에 할 수 있는 한마디였다. 그가 할 수 있는 일을 했을 때 죽음은 없었다고 말한다.

사람은 누구나 죽는다. 죽음은 피할 수 없다. 병에 걸리든, 상처를 입든, 노화가 오든 예외가 없다. 게다가 그 죽음은 미리 준비하고 스스로 선택할 수 있는 것도 아니다. 죽음으로 가는 동안 상처, 욕창, 궤양 등 염증으로 인한 통증은 죽는 순간까지 남아있게 된다. 그 아픔 때문에 정신을 제대로 차릴 수가 없다. 가벼운 구내염이 하나만 있어도 밥 먹기가 힘들고 맛을 느끼지 못했던 경험이 있을 것이다. 하물며 환자가 되면 약물 부작용으로 면역력이 떨어지고 염증이 계속 생기는데 한 번 생긴 염증이 나아지지도 않기 때문에 통증은 끊임이 없다. 가족들도 처음에는 걱정하고 염려하며 시간을 내지만 병이 길어지면 각자의 일상을 먼저 챙길 수밖에 없다. 통증으로 인한 고통, 무력감, 외로움은 죽음으로 가는 과정이다. 죽음이 두려운 이유이기도 하다. 그 죽음을 넘어설 방법은 자신에게 집중하는 것이 아니라 남아있는 소중한 사람들을 생각하는 것이다. 같은 시간에 그 가족들이 감당해야 하는 아픔과 슬픔을 생각해야 한다. 또한 사랑하는 그들도 언젠가 똑같은 고통, 무력감, 외로움의 시간, 그 죽음의 과정을 지날 수밖에 없는 존재라는 것을 생각하는 것이다.

사람이 죽을 수밖에 없는 존재라는 것에 대한 안타까워하는 마음은 먼저 경험한 사람만 아는 지혜일 것이다. 이반 일리치가 남겨진 가족에게 '용감해 줘'라고 말한 이유이기도 하다. 더 이상 죽음은 없었고 죽음이 있던 자리에 빛이 있었다고 했다. 그리고 이반 일리치는 해야 할 일을 다 이루었다는 표정으로 누워있었다고 말한다.

〈이반 일리치의 죽음〉을 읽는 동안 수안은 사랑하는 반려견 누리를 하늘나라에 보냈다. 강아지를 아무리 사랑한다고 해도 의사소통에는 한계가 있다. 한결같이 따뜻한 눈으로 수안을 바라보지만, 그 안에는 아픔과 상처, 억울함과 외로움이 있었다. 나이가 들어 신체의 기능에 하나씩 문제가 나타나고 피부병이 생기고 이가 썩어 치통이 있을 때 그 고통을 오롯이 누리 혼자 감당하고 있었다. 수안은 그 통증, 그 아픔이 느껴지기 시작했다. 그리고 그 아픔을 혼자 안고 지내온 외로움도 느껴졌다. 그 시간 동안 수안은 누리가 기대하며 바라보는 눈망울을 무수히도 모른 척했었다. 그래서 미안한 마음 때문에 여전히 아프다.

우리는 태어남과 동시에 죽음으로 다가간다. 그러다 각자 다른 시간에 다른 방법으로 '죽음으로의 초대'를 받는다. 죽음으로 가는 길을 막을 수도, 돌릴 수도 없게 되는 순간이다. 그 시간이 언제 올지는 아무도 모른다. 예측할 수 없는 죽음 앞에 미리 준비할 수 있는 시간이 주어진다면 남아있는 사람에게 기회를 주는 것이다. 수안은 시아버지가 주신 기회에 보답했다고 생각한다. 시아버지를 생각하면 통증과 무력감, 외로움으로부터 자유로워지져서 마음이 놓인다. 눈물이 난다면 혼자서 감당하셨던 그 아픔의 시간 때문이다.

지난 10년 동안 시부모님과 같은 아파트 옆 동에 살면서 수안은 10분 대기조였다. 빵, 고기, 화장품, 약을 사다 드리고, 병원을 모시고 다녀오는 것은 물론 배 아프다고 하시면 배 마사지를 해 드리고, 다리가 부으면 주물러드리고, 드시고 싶은 음식은 바로 사다 드렸다. 음식은 주로 배달 앱이 안 되는 곳이어서 직접 사다가 드려야 되는 곳들이었다. 당신의 아들도 딸들도 하지 않은 일들을 진심으로 해왔다. 옛날이라면 며느리가 시부모님 돌보는 것이 당연했지만 요즘 세대에게 흔치 않은 일이다. 수안은 기꺼이 도움이 필요하다면 도움을 드리고 싶었다. 그리고 그렇게 할 수 있는 시간이 감사했다. 아버님이 돌아가시고 수안은 울지 않았다. 죄송한 마음도 없었다. 처음부터 마음의 빚을 남기지 않으리라 나름의 최선을 다했기 때문이다.

수안의 남편은 많이 울었다. 시누이 둘도 많이 울었다. 아버님께 너무 죄송하다고 했다. 불현듯 '불효자는 웁니다.'라는 옛 노래 제목이 떠올랐다. 그 눈물은 부모님을 위해서가 아니라 자신을 위해서라는 생각이 들었다. 반려견 누리를 보내고 수안은 지금도 운다. 해야 할 일을 안 하거나 못하고 맞이하는 이별은 가슴에 대못이 박힌다는 것을 누리가 알려주었다. 다시 찾아온 죽음의 이별 앞에 수안은 시아버지를 외롭게 해 드리고 싶지 않았고 후회로 눈물 흘리고 싶지 않았다. 기회는 지나가고 나면 잡을 수 없으니 수안은 기회를 힘껏 부여잡았다. 그래서 수안은 울지 않았다.

2부 나에게 주어진 삶 : 아픔과 상처들

지혜란 사람들의 마음과 생각을 이해하여 서로 화합하게 하는 것이다.

누군가를 서운하고 아프게 만들었다면 상대의 입장에서 충분히 생각해 보아야 한다.

나는 잘못한 게 없다고 생각된다면 자신의 무지함을 깨달아야 한다.

기억에 남아 있는 사진 한 장 : 울고 있는 나

　친정 부모님을 떠올렸다. 사춘기를 지나면서 수안은 아빠를 싫어했다. 결혼을 하면서 엄마를 미워했다. 10년 전부터는 1년에 1번 잠깐 점심을 먹는 일 외에는 연락도 하지 않았다. 부모님을 미워하고 연락하지 않고 사는 것도 마음 아프지만 그보다 만나고 나면 더 마음이 괴롭고 힘들었다. 그래서 부모님이 돌아가셔도 슬프지 않을 거라고 생각했다. 그런데 누리와 시아버님께서 하늘나라로 가고 나니 자신이 없어졌다. 왜냐면 수안은 친정 부모님께는 불효자였고 그건 옳은 일이 아니기 때문이다. 수안은 언젠가 부모님이 돌아가시고 났을 때 후회와 슬픔의 크기를 짐작할 수도 없었다. 그렇다면 수안은 부모님께 마땅히 예와 효를 다하는 딸이 되어야 한다. 그런데 마음은 차갑고 단단하다. 감정은 이대로 연락 없이 1년에 한 번 얼굴 보며 지내는 것이 편하게 느껴지지만 이성은 얼마나 잘못된 판단이며 나중에 피눈물을 흘릴 결말인지를 예고하고 있었다. 어떻게 해야 하지?

　어릴 적 사진이 있었다. 6살 정도인 듯하다. 수안은 함박눈이 내렸던 겨울, 마당에 있는 사철나무 아래에서 큰언니, 작은언니, 오빠와 사진을 찍었다. 자리를 잡고 서있는데 나뭇가지가 흔들리면서 눈 뭉치가 떨어졌다. 목덜미로 차가운 눈이 들어왔다. 너무 놀라서 울었다. 언니들과 오빠는 함박웃음을 웃었다. 그 모습이 그대로 사진에 담겼다. 기억이 선하다. 아무도 등줄기를 타고 내려가는 눈뭉치를 꺼내주지 않았다. 수안은 괜찮냐는 말 한마디와 위로가 필요했다.

하지만 모두 너무 웃긴다며 배꼽 빠지게 웃고만 있었다. 수안의 유년 시절은 항상 그런 식이었다. 수안은 막내였고 뭐든 귀여움을 받고 모두에게 웃음을 주었지만, 나로서 존중받거나 인정받지 못했다. 항상 심부름은 수안의 몫이었다. 수안은 기꺼이 심부름을 했다. 대부분 막내가 그렇듯 그래야만 인정받을 수 있는 존재였기 때문이다. 귀찮은 일을 심부름하고, 말 잘 듣는 수안의 애칭은 '예쁜이'였다. 그건 진심이었다. 그런데 수안이 어쩌다 실수하거나 뭔가를 요구하면 바로 짜증을 내며 귀찮아하는 모습을 감당해야 했다.

큰 언니와 싸운 날 : 아빠는 큰 언니 편

조금 자라 사춘기가 되었을 때 가족사진을 보게 되었다. 옛날이라 사진이 많지 않던 시절에 수안은 항상 울고 있었다. 그 사진들이 아프게 다가왔다. 큰 언니와는 6살 차이가 난다. 중학교 2학년 때 큰 언니는 대학생이었다. 언니는 수안이 새로 산 옷을 입고 나갔다. 여러 번 반복되어 화가 많이 났다. 언니가 귀가했을 때 싸움이 일어났다. 아빠는 시시비비를 따지는 것이 아니라 동생이 대드는 것이 잘못이라며 수안만 나무랐다. 수안은 분하고 속상했다. 아빠의 편애가 부당하게 느껴졌다. 옆에서 지켜보던 작은 언니가 아빠의 대처에 더 분하고 속상해했다. 그날 이후 수안은 아빠를 절대 나의 아빠라고 생각하지 않기로 마음먹었다. 큰언니도 이제 언니라고 생각하지 않기로 했다. 당연히 집에서 웃거나 즐겁게 이야기를 나눌 수 없었다. 불쌍하게 생각하면 외로움의 시간이 시작된 것이다. 조금 더 전문적으로 해석하면 성격적 결함이 나타나기 시작했다. 엄마하고만 이야기했다. 수안은 스스로 엄마만 있는 아이라고 생각하기로 했다.

쟁취와 차려진 밥상 : 아빠는 큰 언니 편

  대학교 시절 유럽 배낭여행이 한창때였다. 아빠에게 어떤 부탁도 하지 않으리라 다짐하며 지내오던 마음은 여행비 마련을 위해 비굴하게 접어졌다. 해외여행이 쉽지 않았던 시절이라 장기간 집을 떠나는 것도, 해외에 나가는 것도 허락받기 어려웠고 더군다나 큰 비용을 마련하기 위해 아빠의 지원이 필요했다. 겨울부터 5개월을 조르고 설득하고 있었다. 기간은 35일, 친구 셋이 비용을 최대한 아끼며 더 많은 곳을 둘러보기 위해 여행 경로를 공부하고 일정을 하나하나 짜갔다. 같은 가격이라면 여행사 상품보다 수안과 친구들이 계획한 일정은 훨씬 풍성했고 꼭 봐야 할 곳과 추가로 봐야 할 곳이 꼼꼼히 준비되었다. 여름방학 3개월 전에 비행기표를 예매하면 조금이라도 비용을 아낄 수 있었다. 시간이 촉박해서 아빠한테 여행비를 빌려주면 나중에 꼭 갚겠다고 약속하고 허락을 받았다.
  여행비를 받는 날 수안의 아빠는 놀라운 제안을 했다. 수안이 배낭여행을 가도록 허락하고 여행비를 빌려주는 조건으로 배낭여행을 큰 언니와 같이 가야 한다는 것이었다. 이유는 첫 번째, 집안에 큰 언니도 가보지 않은 해외여행을 막내 먼저 보낼 수 없다는 것이다. 두 번째, 수안에게 보호자가 필요하다는 것이다. 수안은 일단 비행기표 비용을 내야 하는 기한이 임박했기 때문에 그러겠다고 했다. 하지만 처음부터 친구 셋이 여행을 준비하고 있었기 때문에 큰 언니와 같이 갈 수 없었다. 그리고 절대 같이 가고 싶지 않았다. 왜냐면 원래 사이가 좋은 것도 아니고 수안은 5개월을 매일 조르고 설득해서 얻은 여행권이었다. 그런데 큰 언니는 한마디도 하지 않았는데 아빠가 고민에 고민을 거듭해서 생각지도 않은 선물을 준 것이다. 이런 차별은 정말 감당하기 힘들었다. 수안은 속으로 여행비를 절대 갚지 않으리라 생각했다. 그리고 큰 언니는 따로 여행사에서 패키지 여행을 우아하게 다녀왔다.

내가 일주일 후에 시집가는 데 : 엄마는 오빠 생각만

28살 여름이 시작될 때 결혼했다. 결혼 준비는 친구와 했었다. 엄마는 심장 부정맥으로 숨이 차서 잘 걸어 다니지 못했다. 시간이 없는데 결혼 준비를 해야 하니 수안은 자기 혼자 빨리빨리 다니면 된다고 생각했다. 결혼을 3일 앞두고 아침 일찍 나가려고 준비하고 있었다. 조금 전에 아빠가 제육볶음을 드시고 나가는 것을 봤었다. 수안이 밥을 먹으려는 데 고기가 없었다. 엄마한테 물어봤다. "엄마 제육볶음 없어? 아까 있었는데!" 그게 마지막이었단다. 수안은 돌아다니면 배고플 것 같고 살도 많이 빠져서 그날은 고기가 맛있어 보였는데 아쉬웠다. 잠시 후 오빠가 나갈 준비를 하고 식탁으로 왔다. 엄마는 냉장고에서 재어둔 소불고기를 꺼내어 오빠에게 구워 주었다. 수안은 밥을 다 먹고 일어나려는 참이었다. 소불고기를 보자 눈물이 쏟아졌다. "엄마 나 내일모레 시집가잖아. 어떻게 시집가는 딸 맛있는 음식 챙겨 먹이지 못할망정 고기 먹고 싶다고 했을 때 고기 없다더니 오빠한테 고기를 새로 구워 줄 수가 있어?" 엄마의 어이없는 대답. "제육볶음 달라며 이건 소불고기야!" 그날부터 수안에게 엄마도 없었다. 수안은 시집가서 다시는 집에 오지 않으리라 생각했다.

첫 번째 아기 : 엄마는 오빠 생각만

 수안은 결혼하면서 새로운 직장을 다니게 되었다. 얼마 지나지 않아 임신을 했다. 임신을 했지만 눈코 뜰 새 없이 바쁘게 업무에 집중해야 했다. 친구도 엄마도 만날 시간이 없었다. 그래도 그렇지 임신한 딸에게 10개월 동안 밥 한 끼 맛있게 차려주지도 않고 사주지도 않았다. 그건 엄마의 심장 부정맥 때문에 숨이 차다는 핑계 반, 너무 불편한 시댁 분위기에 대한 불편함이 반이었다. 그런데 가장 큰 이유는 직장 다니는 아들과 남편의 밥을 챙기는 것에만 마음을 다했던 것이다. 결과적으로 결혼한 막내딸, 임신한 막내딸에게 따뜻한 밥 한 끼 차려주지 않은 친정엄마였다. 나중에 원망하며 이야기했더니 막내딸은 항상 바쁘고 알아서 다 잘하니까 그랬단다. 부모님의 따뜻한 돌봄 없이 고아처럼 혼자 이리 뛰고 저리 뛰며 사느라 분주하기만 했던 수안의 삶을 그냥 혼자 알아서 다 잘하는 딸이라고 생각했

던 것이다. 수안은 자신을 이해하지 못하는 엄마지만 그래도 아빠보
다는 낫다고 생각했다.

나의 아기 : 나는 누구?

 수안에게 딸이 태어났다. 너무 소중하고 예쁜 딸이었다. 수안은 이
아이를 위해 모든 것을 다 할 수 있었다. 그런데 딸이 예쁘고 소중할
수록 수안의 상처는 더 커져만 갔다. 자식은 이렇게 소중하고 사랑스
러운 건데 나는 이렇게 사랑받고 인정받으며 소중한 존재로 대우받
지 못했구나! 수안은 버림받은 것 같은 비참한 기분이 들었다. 그리
고 막내딸을 한 인간으로 존중하지 못하고 큰딸과 아들만 귀히 여기
는 부모님이 한없이 무식하게 생각됐다. 무식은 이해받을 수 있는 것
이 아니라 명백히 죄이다. 나에게 미안해해야 하고 용서를 구해야 한
다고 생각했다. 그래도 절대 용서해 주고 싶지 않았다.
 수안은 막내딸 넷째이다. 오랫동안 수안의 딸은 유일한 손녀였고 모
두 사랑과 정성을 다해 주었다. 그리고 6년이 지난 후 오빠가 첫아들
을 얻고 3년 후 둘째 아들을 얻었다. 오빠가 3대 독자였으니 아들 귀
한 집에 손주가 2명이나 태어난 것이다. 부모님의 기쁨은 배가 되
었다. 그리고 수안이 결혼할 때 심장 부정맥으로 꿈쩍도 못 하고 수
안이 아이를 임신하고 출산할 때까지 밥 한 번 차려주지 못했던 엄마
는 물심양면 그 두 손주를 품에 끼고 키웠다. 더 기가 막힌 말은 아
빠의 말이었다. 엄마가 손주를 돌보면서 건강해졌다는 것이다. 손주

를 키우는 일이 얼마나 힘든 일인지 세상 모든 사람이 알고 있다. 게다가 2명을 키웠다. 집안 살림과 육아와 식사 준비 모두 엄마 몫이었다. 얼마나 애쓰며 보낸 시간이었는지 충분히 상상이 간다. 그런데 엄마는 정말 기쁘게 그 모든 일은 불평 없이 하셨다.

그런 모습을 보며 수안의 마음이 편할 수 없었다. 수안은 아이를 혼자 키우느라 다니던 직장을 그만둘 수밖에 없었다. 내 아이니까 내가 키우는 건 당연하다고 생각하며 정성을 다해 키웠다. 하지만 아이를 다 키우고 나니 사회적으로 성공한 지인들을 보면 부럽고 대단해 보였다. 경력 단절 없이 육아와 일을 할 수 있으려면 부모님의 도움은 필수적이다. 아님 남편과 동등한 육아원칙이 필요하다. 수안에게는 그 두가지 모두가 불가능했다. 그래서 오빠와 새언니에게 든든한 지원군이었던 친정 부모님을 만나는 것이 항상 스트레스였다. 가족 모임이나 다른 일정으로 어쩌다 다녀가면 한 달 동안 짜증 나고 혼자 울고 아팠다. 보다 못한 수안의 딸이 말했다.
"엄마가 그렇게 힘들면 이제 외갓집 가지 마. 가족을 만나면 따뜻하고 좋아야 하는데 속상하기만 한데 왜 가? 설마 나 때문에 가는 거야? 난 안 가도 괜찮아. 어차피 할머니, 할아버지는 손주 키우느라 정신없는데 나 때문에 가는 거면 이제 안 가도 돼!"
딸이 5학년 정도였을 것 같다. 그리고 그 이후에는 1년에 한 번만 어쩔 수 없이 갔다.

출가외인 : 이제 그만해

1년에 한 번 구정 때 친정 부모님을 만나면 수안은 엄마한테 화를 냈다. 그런 수안을 아무도 이해하지 못했고 이해하려고도 하지 않았다. 수안은 그냥 성격파탄자로 보일 따름이었고 가정의 평화를 깨뜨리는 가정 파괴범일 뿐이었다. 오빠는 출가외인이니 이제 오지 말라고 했다. 자신을 끔찍이 사랑하는 엄마를 여동생이 뭐라 하니 기분 나쁜 건 당연했을 것이다. 하지만 수안이 보기에는 애정결핍이라고는 모르고 귀하게 자랐으니 다른 사람의 결핍과 아픔을 위로할 줄 몰라 보였다. 오히려 요즘 같은 시대에 출가외인이라는 말을 하다니, 생각없이 보였다. 수안이 속상한 일을 말할 수 있는 유일한 사람은 작은 언니였다. 모두가 각자의 삶에 바쁘게 살아갈 때 작은 언니는 가족들 하나하나 마음으로 챙기는 언니였다. 당연히 돌봄이 가장 필요한 막내를 예뻐하고 이해하는 것도 작은 언니였다. 수안의 딸을 자기 자식처럼 사랑해 주었다. 그런 작은 언니도 여태까지는 다 들어주었는데 그래 봤자 부모님이 바뀌지 않을 것이니 "이제 그만해"라고 말했다. 수안은 시간이 지날수록 점점 더 아픈데 아무도 수안의 상처는 알지 못했다. 그게 바로 이 집안에서 수안의 위치였다.

변하지 않는 것들 : 그대로의 아픔

어릴 적 사진에 항상 울고 있던 자신의 모습. 수안은 이 집에서 그 정도였고 그걸 너무나 당연하게 생각했던 가족들이었다. 수안이 결혼하고 남편과 함께 갔을 때 남편도 자신과 같은 대접을 받았다. 남편은 그런 수안의 집을 이해하지 못했다. 사위는 백년손님이라는 데 손님이 아니라 막냇사위에게도 그냥 존재감 없이 시키는 건 뭐든 알아서 눈치껏 해 주길 바랐다. 당연히 서로 입장도 다르고, 생각도 달라서 남편과 함께 친정집에 가는 것이 미안하고 부끄러웠다.

태어난 것이 자신의 선택은 아니다. 부모님이 원했던, 우연이었던 그 책임은 전적으로 부모에게 있는 것이다. 수안은 한 사람으로서 존중받고 관심과 기대를 받고 자랐어야 했다. 수안은 자신의 자리가 없는 이 울타리를 떠나기로 했다. 고아라고 생각하며 사는 것이 오히려 마음이 편했다. 그동안에 너무 많이 흘렸던 눈물 때문에 더 이상 눈물이 나오지도 않았고 아프지도 않았다. 그냥 일상을 사는 것 자체가 바빴다. 그래서 괜찮았다.

하지만 문제가 있다는 것을 스스로 제일 잘 알고 있었다. 채워지지 않은 빈자리는 항상 수안을 공전하게 했다. 사람이든 지식이든 자신의 것으로 만들지 못했다. 관심과 기대감으로 키운 자식과 그렇지 않았던 자식은 사회에서도 입지가 완전히 달라진다는 것을 느낄 때마다 마음이 아팠다. 삶은 타인과의 관계에서 이루어지는 것이고 성장하는 동안 영향을 주는 사람은 대부분 어른이거나 연장자이다. 집에서 부모와 조부모, 삼촌, 이모, 고모와 자연스럽게 소통하는 첫째들은 밖에서도 어른과의 소통이 자연스럽다. 주목받아 왔고 책임감을 배워왔기 때문에 결정하는 자리도 자연스럽게 만들어진다. 반면 자식이 많은 집 막내는 이벤트성이다. 항상 뒤에 빠져 있고 말 잘 들으면 귀여움의 대상이 되고, 정해진 결정들을 따르는 경우가 많다. 수안은 언제나 결정 장애였다. 좋게 말하면 호불호가 크지 않은 성격으로, 뭐든 상관없는 좋은 성격이라고 해두자.

'집에서 새는 바가지 밖에서도 샌다'는 말처럼 집에서 존중받지 못하고 대접받고 자라지 못했던 수안은 존중받도록 행동하는 법도 몰랐고 주목받는 것에 엄청난 부담을 느꼈다. 반면 주목을 받지 못하면 심한 열등감에 시달렸다. 사람들과 어울리는 것은 문제가 없었고 오히려 분위기 메이커였다. 하지만 부모님과 형제 등 가족 이야기가 나오면 움츠러들었다. 뭔가 부자연스럽고 자신이 없었다. 수안의 주위에 사회적으로 성공한 지인들이 많다. 성공한 사람들은 항상 당당하고 앞에 나서 자신의 몫을 다 해냈다. 에너지와 열정이 넘치고 부지런하고 정이 있었다. 그들은 매순간 가족들이 보내는 응원, 믿음, 기대에 부응하고자 실력을 쌓아갔고 성취감과 책임감으로 사람들에게 인정받으며 또 다른 기회가 이어졌다. 실력으로 인정받고 당당함은 편안함으로 뒷심과 여유가 있었다.

반면 수안은 마지막에 꼭 여유를 찾지 못했다. 막내들은 눈썰미가 좋다. 형제들을 보면서 금방 배우고 잘한다. 조금 어설프더라도 기특해하고 조금만 잘해도 칭찬을 받는다. 여러 형제들의 장점을 보면서 따라하기 때문에 호기심이 많고 똘똘해 보이지만 속 빈 강정이 되기 쉽다. 수안은 다재다능하고 영리했다. 뭐든 쉽게 익히고 잘 하기 때문에 오히려 전문성을 가지고 특별히 잘하는 게 없는 것이 문제였다. 쉽게 익힌다는 것은 실력을 쌓기 위해 꾸준히 노력해야하는 중요성을 놓치게 되었고, 호기심은 산만함으로 하나에 집중하지 못하고 금방 흥미를 잃었다. 수안이 관심과 기대를 받았더라면 진중함과 안정감을 가지고 집중할 수 있었을 것이다. 그리고 이러한 삶의 태도는 습관이 되고 다른 일들을 이루는데 밑거름이 되어 꽃을 피우고 열매를 맺었을 것이다. 수안에게도 많은 기회들이 있었다. 그런데 수안은 기회를 잡아도 이어가지 못했다. 뭔가 살짝 아쉬움이 있었다. 수안도 알고 있었다. 그래서 함께 웃고 즐기기보다 완벽하게 일을 진행하는 것을 선택했다. 개미와 베짱이가 있다면 개미를 선택한 것이다. 그러니 항상 할 일이 많고 힘들었다. 맡은 일을 열심히 하고 성과를 내고 자신감이 생겨도 그에 대한 보상이 부족하다고 느껴졌다. 자신이 잘 하더라도 좋은 기회는 다른 사람에게 주어지는 것도 속상했다. 능력이 없어 보이는데 학벌이나 인맥으로 자리를 차지하고 있는 사람을 인정하고 싶지도 않았다. 정말 실력있는 사람을 만나면 그 깊이와 당당함에 움추려들었고, 실력과 상관없이 안정감이 느껴지는 사람을 만나면 항상 부러웠다. 이런 일이 반복될 때마다 자신의 성장기가 아파왔다. 누구에게는 자연스러운 것들이 다른 누구에게는 부자연스러운 것이라니 세상이 너무 불공평하고 부당했다.

비슷한 조건에서 성장했더라도 모두가 수안과 같지는 않을 것이다. 누군가는 빠르게 자신을 찾고 멋지게 성장한 사람이 있을 것이다. 20세 까지는 부모의 그늘에서 어쩔 수 없더라도 20세 이후에는 성인이니 자신의 삶은 자신이 책임져야 한다고 말하는 사람도 많다. 물론 20세 이전에 스스로 자신의 길을 찾아 인정받은 사람, 20세 이후에는 자신의 삶을 스스로 책임지는 사람, 그리고 부모와 가족의 역사와 상관없이 사회적으로 성공하고 훌륭하게 성장한 사람도 많다. 자신이 성공해서 가족에게 기여하고 효도하는 자식들도 있다. 모든 것은 경우의 수이니 다 가능하다. 수안은 그런 사람들은 그래도 어떤 형태로든 운이 좋은 경우라고 생각했다. 수안의 경우를 말하자면 올해 50세이고 아직도 그 굴레에서 벗어나지 못해서 아파하는 중이다. 어린 시절 결핍과 상처가 뎇이 되어 아직도 수안을 붙잡고 있다. 끊임없이 몸부림치고 방법을 찾아보지만, 수안의 마음속 어린아이는 아직도 거기서 멈춰 있다.

무엇이든 먼저 가득 채워지고 넘쳐야 다른 사람에게 흘러갈 수 있다. 어릴 적 나를 채워줄 사랑과 관심과 기대가 부모에게 채워지지 못했다면 다른 사람이 필요하다. 선생님이나 배우자가 될 수도 있다. 전적으로 자신이 지지받는 시간이 필요하다. 그런 사람을 만났다면 그래도 운이 좋은 것이다. 하지만 수안에게는 그런 운도 주어지지 않았다. 어쩌면 부모만이 할 수 있는 것인지도 모르겠다. 그래서 수안의 마음속 어린아이는 아직도 울고 있다.

수안은 다니던 회사를 그만두고 집으로 들어와서 재택업무로 직업을 바꾸었다. 사람들을 직접 마주하지 않고 해야 할 일만 하는 것은 감정 소모가 없어서 편했다. 회사에 다니면 뭐든 일당백을 해야 하는 빡빡한 스케줄로 정신이 없는데, 재택근무를 하니 출퇴근 시간을 아낄 수 있었고, 시부모님의 전화에 언제든지 시간을 내어 갈 수 있었다. 무엇보다 고등학생인 딸의 요청을 즉각 해결해 줄 수 있었다. 그렇게 잘 지내왔다. 수안이 해야 할 일들을 잘하는 동안에 남편은 해외 발령으로 3년을 외국에서 보냈다. 코로나를 지나며 딸도 대학생이 되었다. 재택근무가 일상이 되어가는 시대에 조금 더 앞서 이미 재택근무를 하고 있어서 안전하고 편했다. 누가 시키지 않았지만, 남편이 없는 동안에도 일주일에 5일은 시부모님에게 도움을 드렸다. 진심이었다. 아픔을 아는 사람들은 다른 사람의 결핍과 필요가 보인다. 수안은 시부모님이 안쓰럽게 느껴졌다. 그래서 세월을 거스를 수 없는 노년의 시부모님을 돌볼 수 있는 것이 오히려 마음에 안정감을 주었다.

시부모님에게는 두 딸과 아들이 있다. 수안은 며느리였으니 수안의 친정처럼 시집에서도 관심과 기대의 대상은 아니었다. 시댁은 다른 집처럼 사랑이 넘치는 집도 아니었다. 특별히 대가가 있었거나 누가 알아주지도 않았다. 수안은 여전히 관심을 받지 못해도 스스로 해야 할 일을 묵묵히 하는 그런 것에 익숙했다. '셋째 딸은 얼굴도 보지 않고 데려온다'는 말은 그래서 생겼지 않았을까! 수안은 자신으로 살고 싶었지만 어떻게 해야 하는지 아직도 모른다. 스스로를 사랑하는 법을 배워보지 못했고, 경험해 보지 못해서 주목받는 자리에서 자꾸 뒤로 숨는 자신이 안타까웠다. 부모님의 사랑과 지원이 일생 얼마나 큰 버팀목이 되는지 매 순간 절감했다. 수안은 자신의 딸에게 지금의 아무것도 아닌 그런 엄마가 되면 안 되었다. 시부모님 봉양을 마음 다해서 했던 이유도 딸이 자신의 뒷모습을 항상 바라보고 있기 때문이었다. 내가 나로 잘 살아야 내 딸에게 부끄럽지 않은 엄마가 되고, 평생 버팀목이 되어 줄 수 있다는 생각이 들었다.

3부 나를 위한 선택 : 용서 아니고 이해

모든 일에는 때가 있다.

그 때에 맞게 하늘은 비를 내린다.

인문 고전 100권 읽기 : 치유하는 시간

수안은 책을 읽기 시작했다. 모두가 고전 100권을 읽고 나면 달라진다고 하며 인문학 열풍이 불었었다. 수안은 반드시 바뀌어야 했고 그래서 인문 고전 100권을 읽기로 결심했다. 그 어려운 책들을 그냥 읽어가는 것은 의미가 없었다. 제대로 읽고 생각하고 토론하는 곳을 알아보았다. 집에서 재택근무를 시작할 때쯤 한 독서 세미나 모임을 알게 되었다. 세인트존스 대학의 인문학 세미나 방식으로 진행하는 곳이었다. 프란시스 베이컨의 〈새로운 아틀란티스〉로 시작된 독서 모임에서 5년 동안 책을 읽었다.

인문 고전 100권을 읽고 나서 수안이 달라진 것은 사람을 이해하게 된 것이다. 자신의 상처만 보였고 그 상처가 아프기만 했고 그 상처를 치유하는 것에만 집중하고 있었다. 이제는 진심이나 진실은 지극히 개인적으로 해석되는 것을 알게 되었다. 사람들의 행동에는 나름의 이유가 있고 그 이유 또한 개인의 판단과 선택들이다. 통찰과 깨달음도 그 깊이와 넓이는 기준이 없다. 아는 만큼 보인다는 말만이 옳은 답이었다. 자신이 보는 것을, 느끼는 것을, 생각하는 것을 그 누구에게도 강요하거나 요구할 수 없는 것이다.

행운이든 불운이든 누구에게나 감당해야 할 몫은 자기 입장에서 가장 큰 일이다. 더 비참하거나 더 행복한 것을 비교하지 못하는 이유이다. 아파 본 사람만이 다른 사람의 아픔을 헤아릴 수 있다. 사랑을 받아 본 사람이 다른 사람에게 그 사랑을 줄 수 있다. 중요한 것은 불운하게 어려움을 만났을 때 그 어려움 가운데 가장 중요한 나만의 가치를 알게 된다는 것이다. 그런 가치가 바로 우리가 알고 있는 삶의 지혜들이다. 수안에게도 자신이 선택하지 않았지만, 불운의 성장기가 있었고, 내면의 아이는 이제서야 성장소설을 읽으며 매일 매일 자라나고 있었다. 생명, 자유, 평등, 건강, 사랑, 정직, 죽음, 용기 같은 너무나 흔한 가치들이 살아 움직여 수안에게 들어왔다.

함박눈이 내리던 날 : 그냥 덮으면 돼

시아버지는 1년 중 가장 추운 때 돌아가셨다. 너무나 바쁘게 지나간 시기였다. 언제 갑자기 연락이 오고 위급한 상황이 올지 몰랐다. 그래서 휴대전화를 수시로 보는 것은 수안의 습관이 되었다. 장례를 치르고 와서 49일이 지날 때까지도 여전히 정신없고 건강도 좋지 않았다. 그냥 매일의 일상을 살아가고 있었다. 눈이 많이 내린다는 일기예보가 있었다. 아침에 일어나 보니 온 세상이 하얗게 변해 있었다. 하늘은 눈을 땅으로 모두 내려보냈고 부드럽고 깨끗했다. 차갑고 상쾌한 바람이 얼굴을 스쳤다. 아파트 현관에서 한 발 앞으로 나서려다 멈칫했다. 눈은 폭신폭신하고 따뜻하게 보였다. 밟기에도 미안한 마음이 들었다. 조심조심 몇 걸음 걸어 나왔다. 길도 차도 나뭇가지도 빈틈없이 하얀 눈이 가득 덮여 있었다. 눈이 내리기 전 길 위에 무엇이 있었던지 모두 다 하얗고 예뻤다. 저절로 미소가 번졌다. 마음마저 가볍고 깨끗했다. 뭔가 시원하면서 따뜻한 느낌, 이 느낌으로 매일을 살고 싶었다.

용서하는 마음도 같은 것이라는 생각이 들었다. 속상하고 아팠던 기억들, 밉고 서운한 얼굴들, 어색하고 단단했던 시간은 하나하나 꺼내어 풀고 다시 하나하나 매듭지어야 해결되는 것이 아니었다. 같은 시간, 같은 사건을 지나지만 서로에게 기억되는 부분은 다르기 때문이다. 나에게 남아있는 기억은 나의 기억일 뿐이고, 다른 사람에게는 없는 기억일 수도 있다. 함박눈이 덮고 나면 그저 하얀 세상으로 보이는 것처럼 용서하는 마음도 그럴 것이다. 그냥 그 아래에 무엇이 있던지 보이지 않게 된다. 똑같이 내 마음을 눈으로 덮으면 된다. 내 마음이 가볍고 깨끗해질 수 있도록.

마땅히 해야 할 일 : 나중에 울지 않게

 부모 된 도리만을 생각했었다. 그렇다면 나는 자식 된 도리를 했을까? 자랑스러운 자식이 되지 못한 것은 자식 된 도리에 어긋난 일이다. 부모는 자식 자랑하는 재미에 산다고 하니 자식들은 반드시 부모의 자랑이 되어야 한다. 하지만 수안은 자랑스러운 자식이 아니었다.

 수안이 첫 직장에 들어갔을 때 아빠는 정말 기뻐했었다. 학창 시절 성적이 우수했거나 명문 대학을 나온 것은 아니었지만 모두가 들어가고 싶어 하는 직장에 들어갔다. 지금 생각해 보면 직장의 추월 차선이 행운처럼 주어졌던 것 같다. 그런데 수안은 기뻐하는 아빠의 모습이 싫었다. 왜 자신을 그냥 존재 자체로 사랑하고 자랑스러워하지 못하고, 꼭 무엇이 되어야만 좋아하는 것일까? 오히려 아빠가 좋아하는 모습이 서운하게 느껴졌다. 수안의 딸은 수안에게 항상 자랑스러운 딸이다. 스스로 자신이 해야 할 일을 잘 해낸다는 말이다. 그렇게 자랑스러운 딸이 될 수 있도록 수안은 엄청나게 노력했었다. 주는 만큼 받는 것이다. 수안에게 조금 더 관심과 기대를 주었더라면 수안도 진작 자랑스러운 자식 노릇을 했을 것이다.

지금도 원망스럽고 마음이 열리지 않는다. 하지만 숙제와 같다고 생각한다. 자신이 해야만 하는 숙제이다. 자신을 위한 일이니까. 적어도 생신 밥상은 꼭 한 번 차려드리려고 한다. 따뜻한 생신상을 차려 드리지 못해서 수안의 마음에 대못이 박히면 또 억울해지니까 말이다.

〈논어〉학이 편 시작에 공자는 "남이 나를 인정해 주지 않아도 화내지 않는다면 군자가 아니겠는가?"라고 말한다. 학이 편 마지막은 "나는 남이 나를 알아주지 않는 것을 걱정하지 않고, 내가 남을 몰라줄까 걱정한다."로 마무리된다. 군자가 되려면 나에게 생각이 머무르는 것이 아니라 다른 사람 입장에서 생각하고 이해해야 한다는 것이다. 이반 일리치가 죽음을 앞에 두고 자신이 해야 할 일을 깨닫고 가족들의 아픔을 느끼고 마음을 전한 것처럼 스스로에게서 벗어나는 것이 먼저라고 수안에게 말하는 것 같았다. 왜냐면 수안은 이제 스스로 자라야 하니 말이다. 수안은 자기 연민에서 벗어나서 객관적으로 자신을 바라보기 위해 책을 쓰기로 했다. 자신의 지난 시간을 정리해서 마음 한편에 넣어두려고 한다. 꺼낼 때마다 어질러지지 않게 잘 정리하면 공간이 생길 것이다. 그 공간에서 조용히 다른 사람의 마음을 들여다보기로 했다. 자신이 몰라준 것은 무엇이고, 자신이 인정하지 못한 것은 무엇인지 알아보고 상대를 이해하는 것이 먼저 해야 할 일이었다.

받아들이기 : 조용한 한 걸음

수안의 아빠는 황해도 분이시다. 1·4후퇴 때 할아버지와 피난 내려와 서울에서 고단한 삶을 시작하셨다. 41년생이니 12살 때였는데 이미 이때 할아버지는 52세였다. 고향에는 할머니와 2명의 손위 고모가 피난을 가지 못하고 남아 계셨다. 아빠가 20세 때 할아버지는 환갑이 되셨고, 생계를 책임져야 했다. 사촌도 하나 없이 할아버지와 친모가 아닌 할머니를 모시고 살다가 첫딸을 낳은 건 아빠가 27살 때였다. 그리고 4년 뒤 3대 독자 아들이 태어났다. 할아버지가 71세가 되셨을 때였다. 수안의 아빠는 서울에서 가까운 친척도 없고 의지할 때도 없이 새롭게 삶의 터전을 마련하고 있었다. 큰 딸이 태어나자, 가계를 일으켜야 한다는 희망을 첫째 아이에게 담았다. 첫째가 잘돼야 동생들이 따라서 잘 된다는 논리였다. 아빠의 삶의 무게를 함께 나누어 줄 큰 딸이었다. 둘째 딸이 태어나고, 집안의 대를 이어갈 3대 독자 아들도 얻었다. 큰 딸과 아들은 무조건 잘 돼야 하는 책임을 유전처럼 물려받은 자식이었다. 마음 넉넉한 둘째 딸은 위로가 되는 든든한 딸, 막내 셋째 딸은 심부름 잘하는 예쁜 딸이었다.

그렇게 고향을 떠나 삶을 버티게 해 준 또 하나의 가족이 있다면 '황해도민회'였다. 가족을 두고 생이별의 아픔을 나눌 수 있는 곳이었고, 외로운 타향살이에서 서로의 고단함을 위로받고 위로하며 버텨낼 수 있는 안식처였다. 시간이 지나고 빠르게 변화되는 시대를 살아오는 동안 그리움과 설움을 공감받을 수 있는 곳이었고, 서로에게 희망과 격려가 되고 70년을 넘게 든든한 버팀목이 되어준 곳이었다. 해마다 어린이날이면 한강 고수부지에서 '황해도민의 날' 행사가 열린다. 전국에 있는 황해도에 고향을 둔 실향민과 그 가족들이 모인다. 70년이 흘렀으니, 증손자와 함께 오는 가족도 보였다. 올해는 수안의 아빠가 영예 도민상을 받았다. 20년 전에 수상했을 때는, 3살이었던 첫 손녀딸이 함께했었다. 20년이 지나 그때가 생각나셨나 보다. 한 달 전에 초청장을 카톡으로 보내셨다. 하지만 수안은 어린이날 약속이 이미 잡혀 있어서 참석할 수 없었다. 취소할 수 없는 약속이어서 못 간다고 문자만 한 줄 넣었다. 그래도 고민은 되었다. 아빠에게 영예로운 순간에 함께 옆에 있어야 하는 것은 자식이 해야 하는 마땅한 일이었기 때문이다.

　어린이날 비 예보가 있었다. 새벽부터 비가 생각보다 많이 내렸다. 한 달 전 잡힌 약속이 취소되었다. 수안은 아침 일찍 초청장을 다시 열어보았다. '우천 불구'라고 적혀 있어 내심 안도했다. 비가 점점 많이 내렸다. 혹시라도 장소가 바뀌는지 확인해 보았는데 그대로 진행된다고 했다. 굵은 빗줄기가 그칠 줄 모르고 계속 내렸다. 9시부터 시작하기로 한 행사는 10시 30분이 되어서야 시작할 수 있었다. 야외 행사는 거의 취소됐고 시상식과 빗속에서 할 수 있는 수준에서 행사가 진행되었다. 일기예보에서 나왔던 1일 강수량 100ml의 비가 쉬지 않고 내렸다. 이 빗속에서도 2,000명이 넘는 사람들이 함께 웃었고 함께 음식을 나누었다. 그곳에 모인 사람들에게 비는 중요하지 않았다. 그리운 고향을 가슴에 담고 모진 세월을 함께 견디어 온 실향민과 그 가족들에게 '우천 불구'는 당연한 삶의 자세처럼 보였다.

나는 일찍 도착해 자리를 잡고 기다리고 있었다. 아빠가 평생을 지켜온 행사장 곳곳을 둘러보았다. 황해도민회, 운성군민회, 예경면민회는 어려서부터 귀에 익은 말들이었다. 이곳에 직접 와서 눈에 담아 본 것은 이번이 처음이었다. 사진을 보니 20년 전에는 도착해서 사진만 찍고 바로 갔었다. 사진이 남아있어서 겨우 기억날 정도다. 수안의 아빠는 이곳에서 할 수 있는 모든 감투를 맡았고, 모든 책임을 다하며 자신을 지켜왔다. 오늘 그 자리에 큰 딸, 둘째 딸, 수안 이렇게 세 딸이 함께했다. 딸을 키워야 노년에 아기자기한 재미를 본다며 많은 사람들이 부러워했다. 수안은 갑자기 생각이 났다. 아빠는 딸이 셋인 것을 부끄러워했었다. 그래서 아들 없이 딸 셋을 데리고 나가는 일은 거의 없었다. 그런데 오늘은 딸 셋이 다 와서 다른 어느 때보다 행복해 보였다. 아빠는 여기저기 인사받고 인사하느라 점심도 못 드셨다. 노년에 몸도 마음도 건강하게 잘 보내고 계셨다.

비는 계속 내렸다. 황사와 미세먼지로 뿌옇게 쌓인 세상을 다 씻어냈다. 겨우내 단단한 땅을 부드럽게 적시고 땅속 깊이 채워갔다. 길 위의 얼룩들을 휘감아 흘러갔다. 내 마음도 그 비를 따라 오래된 기억들, 서운하고 아픈 상처를 씻어내어 흘려보내고 있었다. 그리고 그 자리에 아빠의 삶과 시간을 가득 채워 담았다. 마땅히 해야 할 일

그 첫걸음을 조용히 내딛기 시작했다. 우산 위로 나뭇잎 사이로 떨어지는 빗소리에 마음이 상쾌하고 촉촉했다.

들여다보기 : 그때 그 시절에는

수안의 엄마는 22살 때 결혼했다. 할아버지는 66세, 할머니는 67세였다. 꽃다운 나이에 결혼해서 시부모님 모시고, 자식 넷을 낳고, 남편 뒷바라지하며 살았다. 할머니는 할아버지의 첫째 부인이었다. 두 분 사이에 아이가 없어서 둘째 부인을 맞았다. 그리고 고모 두 분과 아빠가 태어났다. 갑자기 피난을 떠나야 해서 할아버지는 첫째 부인과 아들만 함께 서울로 왔다. 그리고 아빠의 친엄마와 두 누이는 이산가족이 되어 다시는 만나지 못했다. 첫째 할머니는 아이가 없는 것만 빼고는 남부러울 것 없이 살아온 분이었다. 할아버지는 황해도 최고의 부자였다고 했다. 그런 두 분이 모든 것을 고향에 두고 서울에서 시작한 삶은 그리 넉넉하지 못했다. 그래서 할머니는 예민했고 불만이 많았던 것 같다. 예전에 잘나가던 할머니에게 며느리는 누가 들어오던지 맘에 들지 않았을 것이다. 자신의 불편함과 예민함을 고스란히 며느리에게 쏟아부었다. 수안의 엄마는 모진 구박을 받으며 그 시간을 견뎌냈다. 아빠는 아빠대로 자신의 몫을 다하느라 아내를 위로하고 아낄 여유가 없었다. 수안의 엄마가 오빠를 임신했을 때 치킨이 너무 먹고 싶다고 했지만, 아빠는 한 번도 사 오지 않았다고 했다. 수안의 엄마는 그 이야기를 아빠와 말다툼이 있을 때면 하곤 했다. 평생 서운하고 원망스러운 잊지 못하는 사건이었나 보다. 그래서 수안의 엄마가 가장 좋아하는 음식이 치킨이다. 어디서든 먹고 싶고 언제 먹어도 맛있는 최애 음식이다. 요즘은 치킨이 너무 흔해서 공감하기 어려울 수 있겠지만 그때는 귀한 음식이었다. 게다가 임신했을 때 먹고 싶었던 음식은 잊히지 않는다고 하니 그 마음이 헤아려진다.

어찌 생각해 보면 자식 귀한 집에 며느리로 들어와 딸을 둘 낳고 가시방석이었을 것이다. 자식 낳지 못한 할머니가 아들 낳지 못한다고 얼마나 구박했을지 눈에 선하다. 그리고 세 번째 임신한 10개월 동안 얼마나 마음을 졸이며 지냈을까! 치킨을 먹고 싶었지만, 아들을 낳기 전까지는 먹고 싶은 음식을 큰 소리로 말하지도 못했을 것이다. 드디어 얻은 아들은 축복의 선물이었다. 수안의 엄마에게 고생과 설움의 모든 시간을 보상해 주고 행복의 길을 선사했던 아들이다. 그렇게 3대 독자, 아들은 기대를 저버리지 않고 잘 자라주었다. 지성과 인성을 겸비하고 우등생으로 자라 명문대, 대기업에 입사해 아들 둘을 낳았고, 대기업 임원으로 승승장구하며 가족의 자랑스러운 아들로 그 책임을 다하며 살아가고 있다. 보고만 있어도 배부르고 미소를 짓게 하는 아들이다. 수안의 엄마는 지금도 그 아들을 볼 때마다 저절로 힘이 솟아난다. 심장박동기 교체 수술을 3번이나 받았지만 아빠와 함께 건강한 노년을 보내고 있다.

그렇게 높은 산에는 반드시 깊은 골짜기가 있다. 오빠가 받아왔던 기대와 찬사는 수안에게 주어지지 않았다. 그림자처럼 그 뒤에 있었다. 수안에게는 대단한 기대도 없었고 책임도 주어지지 않았다. 어느 때부터 '개밥에 도토리'처럼 존재감 없이 살아가는 자신이 답답하게 느껴졌다. 어디서든 주목받는 자리에서 당당하지 못하고 자꾸만 뒤에 숨으려고 했다. 당당해지려면 자신의 것이 있어야 하는데, 자신의 생각, 자신의 실력, 자신의 책임, 자신의 결정을 나타낼 경험이 없었고 결국 자신이 없었다. 성장 과정에서 존중받지 못했던 자아존중감은 친정 가족들 속에서 앞으로도 채워지기 힘들어 보였다. 그 자리를 벗어나는 것이 오히려 자신을 찾을 수 있는 더 올바른 방법이었다.

이해하기 : 엄마와 딸

수안은 결혼해서 새로운 삶을 살아가고 싶었다. 하지만 운명은 엄마를 닮아갔다. 사랑하는 사람을 만나 결혼을 약속했다. 그런데 남편의 친어머니는 남편을 낳고 6개월쯤 갑자기 돌아가셨다. 그리고 남편이 3살 때 새어머니가 왔다. 누나 둘과 남편은 새어머니와 50년 이상을 살았다. 새어머니는 자신의 아이는 낳지 않고 세 남매만 키웠다. 수안도 아이를 낳고 길러보니 그 시간이 얼마나 힘들었을지 헤아려졌다. 그렇더라도 자식들은 나름대로 상처를 안고 살았다. 그리고 며느리인 수안에게도 좋은 시어머니는 아니었다. 그래서 수안은 친정엄마의 아픔을 이해하게 되었다. 그리고 수안도 힘들 때 친정으로 달려가고 싶었지만 그럴 수 없었다. 남편의 어머니가 새어머니라고 말씀드리면 결혼을 허락할 것 같지 않아서 비밀로 하고 결혼했었기 때문이다. 수안은 자신이 나쁜 사람도 아니고 시어머니에게 잘 하면 잘 지낼 수 있을 거로 생각했다. 하지만 생각보다 시어머니는 독특하고 어려운 분이었다. 그냥 무조건 수안을 미워했다. 수안의 시어머니 성향을 잘 알고 있는 시댁 어르신들은 수안을 볼 때마다. "네가 이해해라. 아랫사람이 져 주어야지."라며 위로와 격려를 했다. 그런 시어머니한테 양육 받은 남편도 따뜻하지 않았다. 중요한 건 그런 상황들을 나눌 만큼 수안이 친정 부모님과 편안한 관계가 아니었기 때문에 그 모든 어려움을 수안 혼자서 감당해야 했다는 것이다. 수안은 '친정 부모님과 사이가 좋지 않으니, 인생이 여러모로 꼬인다'고 생각했다. 자신의 처지와 자신이 대처하는 모습이 엄마의 삶을 닮아 더 속상했다.

수안의 엄마는 27살에 아들을 낳으면서 자존감을 회복할 수 있었고 그 아들이 바르고 자랑스럽게 자라는 모습을 보며 매 순간 자존감을 채워갔을 것이다. 엄마는 그렇게 남편과 아들 그리고 딸들을 위해 자신의 모든 시간과 노력을 헌신했다. 항상 그림자처럼 가족을 돌보는 것이 삶의 목적이자 목표였다. 수안도 그 모습을 똑 닮았다. 수안은 29살에 딸을 낳고 그 딸을 위해 자신의 모든 시간을 보냈다. 그리고 남아있는 에너지가 있다면 남편과 시부모님을 위해 아낌없이 내어놓았다. 물론 엄마의 뒷모습을 보며 지내온 시간이 자연스럽게 그렇게 닮아가도록 했을 것이다. 하지만 더 큰 이유가 있었다. 수안은 그동안 부모의 보살핌 없이 혼자서 부딪혀 온 세상이 쉽지 않았다. 세상은 혼자보다는 둘이, 둘보다는 더 많은 사람들의 힘과 에너지가 모여, 차고 넘쳐야 당차게 살아갈 수 있다는 것을 알고 있었다. 그런 지지를 받지 못한 것은 수안에게 가장 아픈 상처로 남아있다. 그래서 자신의 남편과 아이에게 모든 힘과 에너지를 보태는 것을 가장 중요한 소임으로 받아들이게 됐다.

수안의 엄마도 친정이 위안을 받을 수 있는 곳은 아니었다. 물러설 곳이 없었기 때문에 지금 있는 곳에서 자신의 자리를 만들어야 했다. 수안의 엄마는 자신이 해야 할 일을 성실히 했고, 지금 그 옆에는 남편과 아들과 손주들이 든든하게 자리하고 있다. 사람마다 자신의 자리가 있다. 오롯이 자신으로 살아갈 수 있는 곳. 그 자리는 가장 소중한 것을 지켜온 자리이다. 때로는 다른 곳을 둘러볼 수 없이 바쁘게 보냈을 수도 있다. 하지만 각자의 입장에서 가장 진실되고 옳은 방법이었을 것이고 최선을 다하고 희생하며 지켜온 자리일 것이다. 함께 했던 어려운 시간, 따뜻했던 모든 시간이 모여 마음을 가득 채운 자신이 되는 곳이다. 그래서 '나'로 설 수 있는 자리가 마련되어 있다면 진정한 시간을 살아온 것이다.

수안도 똑같았다. 결혼하고 시집살이가 힘들었지만, 친정은 수안에게 위로가 되거나 자신감을 채워주는 곳이 아니었다. 수안은 자신의 아픔과 운명을 이겨내고 싶었다. 친정 가족과 좋은 관계가 아니었기 때문에 시가 가족과 잘 지내는 것이 얼마나 소중한 것인지 알고 있었다. 그래서 눈물을 머금고 부단히 노력했다. 22년 동안 수안은 자신의 자리를 조용히 만들었다. 수안의 옆에는 남편과 딸이 언제나 가깝게 있다. 그리고 시부모님이 계셨다. 자신과 가장 가까운 가족을 챙기는 것은 수안, 자신을 지키는 방법이었다. 어디서든 수안을 당당하게 해줄 사람들이다. 남편은 자신의 동료나 친구들을 만날 때 수안과 동반한다. 수안과 함께 하는 자리가 남편에게 힘이 되고 즐겁기 때문일 것이다. 수안이 남편에게 힘을 보태었던 무수한 시간의 결과이기도 하다. 수안도 그 자리가 좋다.

다가가기 : 마음 공간

딸은 수안과 다르게 살아가기를 바랐다. 딸에게 가족이 든든한 버팀목이 되어 당당히 살아가길 바라기 때문이다. 수안은 자신이 해야 할 일을 하면 모든 것이 채워질 거로 생각했다. 그런데 마음이 불편하다. 딸이 지켜보는 수안의 뒷모습에 부끄러움이 남아있기 때문이다. 친정 부모님에 대한 자신의 태도는 옳은 일이 아니었다. 수안이 딸에게 남기고 싶은 모습은 세상에 맞서 힘겹게 살아가는 모습이 아니다. 내 맘 같지 않은 세상에 부드럽고 시원한 바람처럼 감싸안고 채워주며 넉넉히 살아가는 모습이다. 자신이 하지 못하는 것을 딸에게 바랄 수는 없다. 자신이 먼저 변한다면 딸도 똑 닮아가게 될 것이다. 자신이 지켜온 삶, 거기서부터 딸은 살아갈 것이기 때문에 수안은 자신의 뒷모습이 당당하도록 먼저 변해야 한다.

수안의 딸이 5살 유치원 입학식을 하던 날이다. 유치원 원장님이 말했다.
"어머님들, 우리 아이들 지금 일주일에 학원 몇 개나 보내세요?"
"5개요!", "6개요!", "8개요!", "10개요!" 엄마들이 말했다.
"5살이잖아요. 그런데 왜 그렇게 많이 보내시는 거예요?"

침묵이 흘렀다.

"적어도 우리 아이가 나보다는 더 나은 사람이 되길 바라는 마음이 있는 거죠?"

원장님의 정답에 엄마들의 마음속 생각은 끄덕끄덕 고개를 흔들며 웅얼웅얼 말끝을 흐렸다.

"그런데 꿈 깨세요. 아이한테 아무리 잘되라고 가르친다고 아이가 엄마나 아빠보다 더 나은 사람 되지 않아요. 아이는 엄마, 아빠의 뒷모습을 보고 자라거든요. 엄마, 아빠를 보고 딱 그만큼만 자라요. 아이가 되기를 바라는 모습이 있다면 엄마, 아빠가 먼저 보여주시면 돼요. 그럼, 아이는 그 모습을 보고 자랄 거예요. 그러니까 지금 어머니, 아버님께서 먼저 변하셔야 해요."

그때부터였다. 수안은 아이에게 바라는 것이 있다면 먼저 그런 사람이 되기 위해 노력했다. 아이가 지켜보고 있다고 생각하면 뭐 하나 소홀하거나 나쁘게 할 수 없었다. 모든 시간 마음과 노력을 다하며 스스로 성장해 왔다. 아이가 성장하는 시기에 맞춰 수안도 한발 앞서 공부하고 성장했다. 하지만 수안은 번번이 한계를 느낄 수밖에 없었다. 수안의 도전들은 모래 위에 지은 집이었다. 치유되지 않고 남아 있는 마음의 그림자와 뒤로 물러서는 습관은 여전히 덫으로 남아 발목을 잡고 있었다. 마음의 위로는 치유가 아니다. 근본적으로 해결되는 것이 아니기 때문이다. 사람을, 사람들의 생각을 헤아리고 이해할 수 있는 마음의 실력이 필요한 것이다. 마음의 공간을 만들 수 있는 실력. 그래서 책을 읽었고, 글을 썼다. 수안의 딸은 그 모습을 쭉 지켜보았고, 언제나 엄마를 인정해 주는 딸이다. 그리고 이제 마지막 숙제가 남아있다.

수안이 친정 가족에게 다가가려 해도 단절된 시간은 여전히 불편하다. 분명히 수안은 변했다. 하지만 가족들은 그대로일 것이다. 앞으로도 가족들은 변하지 않을 수 있다. 그리고 변할 거라고 기대해서도 안 된다. 그저 자신의 도리를 다하면 된다. 그렇게 스스로 당당한 뒷모습을 지키면 된다. 수안은 이제 자신의 마음 공간에서 친정 가족을 조용히 바라보려고 한다. 함께하는 시간이 따뜻하게 남겨지려면 자신이 먼저 알아주면 되는 것이다. 막내로서 기다리기보다 수안이 먼저 바라보고 먼저 손을 내밀면 된다. 소중한 것을 지킨다는 것은 자신이 아니라 자신을 둘러싼 소중한 사람을 지킨다는 것이다. 자신의 마음속에 자신으로 가득 채우는 것이 아니라 다른 누군가의 삶을 담을 수 있는 마음 공간을 만들고, 먼저 이해하고 함께하는 것이다.

에필로그

불운을 뛰어넘는 행복의 법칙 :
옳은 것과 좋은 것 무엇을 선택해야 할까?

좋은 아침! Good morning! Bonjour! Guten morgen!
세계의 인사말은 대부분 '좋은'이라는 형용사로 시작된다. 서로에게
좋은 일을 바라고 빌어주는 마음을 일상의 언어에 담아놓은 것이다.
좋은 것을 원하고 나쁜 것을 멀리하는 것은 인간의 본성이다. 그런데
생각해 보면 우리 삶에 좋은 일만 있다면 일상의 언어에 좋음을 새겨
놓지는 않았을 것 같다. 또한 나쁜 일을 피해 갈 수 있었다면 '좋은'
염원을 사람이 만나는 모든 순간에 담지 않았을 것이다.

어떻게 보면 인간의 삶은 오히려 비극에 가깝다. 비극이 고대 그리
스의 메인 장르였다는 것만 보아도 희극보다는 비극이 일반적이라고
생각된다. 아마도 불운과 불행이 더 많이 일어난다기보다 그만큼 괴
로움이 크고 오래도록 영향을 끼치기 때문일 것이다. 불운과 불행은
인간의 삶을 산산조각 내어 다시 힘을 내고 운과 행복으로 되돌리기

에 시간과 노력이 필요하니 말이다. 그렇다면 우리는 불행의 상황을 넘어, 어떻게 행복을 얻을 수 있을까?

뉴스를 보면 평생 일궈온 명성을 한순간의 실수로 모두 잃게 되는 경우를 보게 된다. 사회는 타인에게 해가 되지 않도록 크게는 법을, 작게는 규칙을 만들어 놓았다. 이를 지키지 않았을 경우 또는 인간이 지켜야 할 도리를 넘어서는 경우 문제가 생긴다. 꼭 법에 따라 처벌을 받지 않더라도 사람이라면 이성적 판단을 할 수 있기 때문에 양심의 가책, 스스로에 대한 자책감으로 괴로울 수밖에 없다. 그래서 실수는 오히려 자신에게 가혹하다.

여기서 실수하게 되는 원인은 바로 욕망 때문이다. 욕망이란 사전적인 의미를 보면 부족을 느껴 무엇을 가지거나 누리고자 탐하는 마음이다. '욕망에 사로잡힌다.'라고 표현되는 것처럼 사로잡힌다는 것은 스스로 통제가 되지 않는 마음의 상태이다. 욕심과 자만심은 생각을 사로잡는다. 사회적 존재로서 이성적으로 옳은 것을 선택하는 것이 아니라 나만의 공간에서 나만의 욕망에만 집중하는 것이다. 결국 돌이킬 수 없는 선택, 선을 넘는 선택은 운명을 나락으로 떨어지게 한다. 한 번에 일어나는 것은 아니었을 것이다. 분명히 그전에도 선을 넘었겠지만, 그냥 드러나지 않았을 테고, 그래서 자만심이 '괜찮다'고, '그래도 된다'고 나도 모르게 부추겼을 것이다. 따라서 한순간의 실수라기보다 습관처럼 학습된 실수일 가능성이 크다.

〈로빈 후드의 모험〉에서 로빈은 우연히 왕의 사슴과 삼림보호관을 죽이고 범법자가 된다. 그의 불운도 우연처럼 보이지만 자신이 잘하는 것에 대한 자만심을 생각해 볼 수 있다. 우리가 무엇인가 많이 가지게 된 것 또는 잘하는 것은 자신도 모르게 자만심으로 나타나고, 말실수를 하거나 선택의 상황에서 의도하지 않았지만 잘못된 선택을 하게 되기 때문이다.

불운이 생기는 다른 경우는 내가 선택하지 않았지만, 주어진 결과로써의 불운이다. 〈제인 에어〉에서 제인의 불행은 자신이 선택할 수 없는 상황이었다. 태어나 2년 만에 전염병으로 부모님이 돌아가시고 부유한 삼촌 집으로 가게 된다. 얼마 후 삼촌도 돌아가시고 숙모와 살며, 사촌 3명과 함께 자라지만 천덕꾸러기로 사랑을 받지 못하고 살게 된다. 이렇게 자신이 선택하지도 않았는데 주어진 불운은 더 비참해 보인다.

제인은 10살의 어린 나이였지만 어려움을 통해 삶에 가장 중요한 가치를 깨닫게 된다. '인간이란 존재는 반드시 뭔가를 사랑해야 한다.'는 것이다. 어린 제인에게는 진심으로 자신을 사랑해 주는 사람이 없었다. 사랑이 아니라 미움만 받고 있었기 때문에 사람이 살아가는데 반드시 사랑이 필요하다는 것을 알게 된 것이다. 우리가 불운이나 어려움 가운데 감사와 희망을 품을 수 있는 이유이기도 하다. 불운한 시기를 지나고 났을 때 삶의 지혜와 가치를 깨달을 수 있다는 것은 오히려 축복이기 때문이다. 산이 높으면 계곡도 깊다. 자신이 처한 불운이 너무 처절하다면 그 뒤에 높이 오를 산을 기대하며 그 시간을 지나야 한다. 물론 힘들고 아프다. 하지만 그 힘듦과 아픔이 우연이든 과오든 모든 인간에게 찾아온다는 것에 어느 정도 힘과 위로를 얻을 수 있다.

이제 우리는 어떻게 불운을 상쇄할 수 있는지 생각해 보기로 하자.

어쨌든 로빈 후드는 자신의 의도와 다르게 찬란한 태양 빛 아래에서 범법자가 되었다. 더불어 사람을 죽였다는 죄책감으로 셔우드 숲으로 들어간다. 로빈은 자신처럼 억울하게 범법자가 된 사람들을 셔우드 숲으로 초대한다. 그리고 의적이 되어 가난하고 억울한 사람들을 도와주며 살아간다. 불운은 크고 작게 계속 일어나기 마련이다. 로빈과 그의 동료들은 불운이 생기면 불운을 상쇄하기 위해 다시 의적이 되어 도움이 필요한 사람을 도와주며 살아갔다. 어려움에 처한 누군가를 도와주는 것은 같은 어려움을 알고 있는 사람만이 할 수 있는 가장 좋은 일이고 옳은 일이기 때문이다. 로빈과 그의 동료들은 행복했다.

앞의 경우와 다르게 〈제인 에어〉에서 제인은 자신의 잘못 없이 불운한 시절을 보냈다. 제인은 자신에게 사랑이 가장 중요하다는 것을 알았기 때문에 진정한 사랑을 알고 있었다. 그리고 무엇보다 자기 자신을 사랑했고, 자신을 지키기 위해 옳은 선택을 해야 한다는 것을 알고 있었다. 그녀는 사랑이 없는 숙모 집을 떠나 기숙 학원으로 갔다. 그곳에서도 환경이 좋지는 않았지만, 자신에게 주어진 모든 삶을 사랑하고 감사하며 성장해 갔다. 이후 로체스터를 만나 진정한 사랑을 하지만 이미 결혼해서 부인이 있는 로체스터를 떠나게 된다. 자신에게 가장 중요한 사랑을 얻었지만, 그 방법이 옳지 않았기 때문에 선택하지 않았던 것이다.

여기서 우리는 선택의 상황에서 옳은 것과 좋은 것 중에 우선순위의 기준을 생각해 볼 수 있다. 이성은 옳은 것을 선택하라고 말한다. 반면 감정은 좋은 것을 선택하라고 한다. 좋은 것을 선택하는 것이

나쁘다는 것이 아니라 우선순위를 놓고 생각할 때 옳은 것을 먼저 생각한다면 우리가 잘못된 선택으로 일어나는 우연처럼 보이는 실수를 하지 않을 수 있다는 것이다. 실수라 하더라도 도리에 어긋나거나 누군가가 피해를 봤다면 명백히 잘못된 길이기 때문에 실수하지 않도록 옳은 일을 선택하는 것이 중요하다.

〈로빈 후드의 모험〉 결말로 가보면 더 명확히 알 수 있다. 〈로빈 후드의 모험〉이 행복한 결말이 아니라는 점을 주목해 보자. 리처드 왕은 로빈과 동료들의 죄를 사면해 주고, 왕의 군대에서 봉사하도록 했다. 여기서 로빈은 많은 공을 세운다. 이어 존 왕이 왕위에 오르고 얼마 후 잠시 셔우드 숲으로 돌아온 로빈은 다시 군대로 돌아가지 않았다. 이 부분에서 로빈 후드의 선택은 옳은 것이 아닌 좋은 것을 선택하는 실수를 한다. 그리고 결국 존 왕의 군대에 쫓겨 상처를 입게 되고 사촌 누이동생의 배신으로 죽음에 이른다. 왕의 군인으로 있었기 때문에, 게다가 주군이 바뀌었기 때문에 떠나고 싶었고 셔우드 숲에서의 자유가 그리웠을 것이다. 왜냐면 범법자였던 로빈은 그의 불운으로 인해 자유의 소중함을 누구보다도 잘 알고 있었기 때문이다. 그렇지만 자신이 좋은 선택을 하기보다 먼저 이성적으로 옳은 선택을 했다면 이후 또 다른 기회가 올 수도 있지 않았을까? 하지만 로빈은 자신에게 좋은 것을 먼저 선택했기 때문에 목숨과 명예를 모두 잃게 되고, 행복한 결말은 주어지지 않았다.

반면 〈제인 에어〉의 결말을 보면 제인은 불의의 사고로 눈이 안 보이고 불구가 된 로체스터와 결혼하여 행복하게 살아간다. 로체스터의 부인이 살아있었을 때는 할 수 없었던 선택이었다. 그 부인이 집의 화재로 죽게 된 이후에 제인에게 가장 중요한, 사랑을 지키는 것은 당연했다. 나이 차이도 크고 사고 때문에 로체스터는 가난했고 손이 하나 없고 눈이 보이지 않았지만 제인에게는 문제가 되지 않았다. 여전히 로체스터를 사랑했기 때문이다. 게다가 제인은 삼촌에게 상속받아 부자가 되어 있었다. 누군가는 바보 같고 어리석은 선택이라고 할지도 모른다. 여기서 바보라는 것은 나의 욕심을 채우지 않고 값없이 베푼다는 의미일 것이다. 하지만 그 바보 같은 선택이 영혼을 채우는 가장 좋은 방법인가 보다. 불구가 된 로체스터를 위해 손과 눈이 되어 주는 것은 제인에게 오히려 기쁨이었다. 제인은 로체스터와 사랑하고 사랑받는 것이 행복했다.

아리스토텔레스는 〈니코마코스 윤리학〉에서 행복을 '혼의 맑음'이라고 말한다. '혼의 맑음' 자체가 행복이라는 것이다. 내가 행복한 순간을 떠올려보면 어떤 충만한 기쁨의 순간을 떠올리기 쉽다. 하지만 이 감정은 행복이라기 보다 희열이고 이 순간은 길지 않다. 적어도 행복이라면 순간의 감정이 아니라 지속적인 좋음의 상태이어야 한다. 지금은 행복했는데 갑자기 안 좋은 소식을 들으니, 감정이 나락으로 떨어진다면 그것은 '행복했다'라고 과거로 말해야 하고 지금은 행복한 것이 아니다. 그러니까 행복이라는 것은 유지되어야 행복이라고 할 수 있다. 따라서 행복은 오히려 지속적인 안정감이라고 정의 내려야 할 것 같다. 그리고 그 상태가 바로 '혼의 맑음' 상태이다. 그렇다면 우리는 어떻게 '혼의 맑음' 상태로 살아갈 수 있을지 고민해 보면 답을 얻을 수 있을 것이다.

결론적으로 말하자면 우리가 행복하기 위해서는 모든 상황에서 옳은 선택을 먼저 해야 한다. 옳은 선택으로 '혼의 맑음' 상태에서 나의 감정에 좋은 것을 선택할 때 감정은 비로소 충만하게 된다. 이성에 따른 옳은 결정은 대부분이 사람의 사회적 관계 안에서 이루어지는 결정이고 나보다는 타인과의 관계를 먼저 생각해야 하는 것이다. 반면 감정에 따른 좋은 선택은 나의 감정과 기호를 먼저 생각하는 것이다. 따라서 좋은 선택은 우연히라도 실수를 범할 수밖에 없는 것이다. 사람들과의 관계에서 예의를 지키며 옳은 선택을 하는 것은 노력이 필요하다. 인간은 자기중심적으로 판단하는 것이 본능이기 때문에 나에게 좋음을 먼저 생각할 수밖에 없다. 하지만 인간은 양심을 가지고 있기 때문에 나를 넘어서 옳은 결정을 하고 어려움에 처한 사람을 도와주며 의미 있는 존재가 될 때 더 큰 만족감을 얻게 된다.

내가 나의 욕심만을 채우려 한다면 우리의 표정은 금세 독기가 어린 악마의 표정으로 변하게 된다. 반면 누군가를 위해 희생하고 봉사를 한다면 우리의 얼굴은 부드럽고 선한 표정을 짓고 있을 것이다. 표정만으로도 '혼의 맑음', 즉 행복에 도달했다는 것을 확인할 수 있는 것이다. 내 표정이 행복하지 않다면 내가 놓치고 있는 옳은 일은 무엇인지 먼저 생각해 보아야 한다.

매일 아침 스스로 "좋은 아침!"이라고 인사해 보자. 그리고 "오늘도 옳은 일을 먼저 챙겨 볼까!"라고 대답해 보자. 옳은 일은 못 할 이유, 안 할 핑계가 아니라 그냥 하면 된다. 옳은 일을 선택하는 것은 소중한 것을 지키는 방법이다. 그리고 자신을 사랑하는 가장 좋은 방법이다.

출처
〈이반 일리치의 죽음〉 톨스토이
〈논어〉 공자
〈로빈후드의 모험〉 하워드 파일
〈제인에어〉 샬럿 브론테
〈니코마코스 윤리학〉 아리스토텔레스

나는 언제나
따듯하고
싶다

어느 날 꿈이 나에게 말을 걸었다

박경옥

작가 박경옥

100세 시대에 맞춰, 나만의 은퇴 후 삶을 새롭게 찾기 위해 노력하고 있는 인생여행자 입니다. 현재는 댄스 강사로 활동하며 새로운 도전을 통해 삶의 다양한 측면을 탐험하고 있습니다. 평생 학습의 중요성을 믿고, 책과 글쓰기를 통해 마음의 근력을 강화하며 인생을 풍요롭게 만들어가고 있는 생활철학, 심리학에 깊이를 더하고 있는 중입니다.

나 자신을 계발하면서 동시에 내 이웃들에게 정서적인 도움과 행복한 에너지를 전하는 것을 목표로 삼아, 진취적이고 긍정적인 마인드로 삶을 살아가고 있습니다. 앞으로도 계속 성장해서, 은퇴 후 내 이름 석 자에 빛 이 되는 제 3의 인생을 만들어나가기를 기대하고 있습니다.

운명이 나에게 주는 매질

미래 불청객과 어울려 싸워보자

내가 잘하고 좋아하는 나의 평생 황금열쇠

마음을 움직이고 서로 공감하며 사랑하자

시간의 여정 속에 두 개의 영혼

운명이 나에게 주는 매질

아니……벌써 나의 운명이?

어째서 우리는 미래의 내가 후회할 결정을 내리는가?

나의 인생은 현재의 나처럼 편안하고 행복하게 살 것이란 착각 속에 아무런 생각 없이 살아왔다. 나의 커다란 실수란걸 깊이 깨달을 땐 너무 늦은 후회의 시간이었다. 나이는 머물지 않고 젊음은 소리도 없이 다가와 거울 속에 마주하는 낯선 얼굴이 생각 없이 살아온 나를 매질이라도 하듯이 째려보고 있었다. 남은 인생의 그림을 빨리 채우라고 거침없이 말을 던졌다.

운명의 매질이 이젠 나이로 다가오고 있었단 말인가? 나에게 주어진 시간이 허락된 일들이 얼마나 남았을까? 나에게 마음의 안부를 물어보고 내가 서 있는 현재 상태에서 나답게 살 수 있는 마지막 방법을 생각해야 하는 철부지 여생을 이제 가슴에서 머리로 받아들여야 할 때가 왔다.

삶을 재평가해야 한다. 높은 기대치, 자기만의 세계를 표출할 수 있는 탁월한 기회, 다른 사람의 행동에 흔들리지 않는 자기 통제력을 길러 진정한 자기 자신을 발견하고 키우는 것, 자기만의 길을 만들 수 있는 시간을 가졌다 생각하고 길을 걸어가 보자. 늦었다고 생각할 때가 가장 빠른 날이다. 시작하지 않고 머무는 게 문제 일 것이다.

나이를 잊고 살았나? 나는 운동을 중독되도록 하는 사람이라 나이와 상관없이 몸과 마음이 젊다는 착각에 빠져 이 나이까지 버티고 있었다. 벌써 내 나이가 노을을 물들이는 황혼을 바라보고 있었다. 갑자기 급해진 마음이 무슨 일부터 시작을 해야 하는지 미래에 대한 불안과 두려움이 눈앞에서 강한 매질로 폭탄을 던지고 있었다.

세월의 흐름을 인식조차 하지 않은 채 인생 반원을 질주하고 있다. 머무르고 멈추어달라고 이젠 세월아 안 달려도 된다고 가슴으로 안고 매달려본다. 안간힘을 쓰고 머물고 싶은 것은 준비되어 있지 않은 나의 미래에 대한 불안감은 어쩔 수 없다. 내가 할 수 있는 일들을 찾기 위해서 오늘도 이것저것 뒤져 보고 과연 마음의 갈증들을 해소할 수 있는 사이트들이 무엇이 존재하는지 가슴을 움켜쥐고 눈을 굴리면서 많은 것을 익히고 열심히 마우스를 돌려본다.

운명의 매질은 자신에게 허락된 시간을 활용하여 미래를 준비하라고 불안감과 우울로 경고를 한다. 세상은 상상하기조차 힘들 정도로 빠르게 변모하고 있었다. 아날로그 시대도 겨우 이해하기보다 흉내만 내고 디지털을 달려야 하다니⋯⋯. 나는 편안함을 추구하는 사람이라 발전 발명을 좋아하지 않는다. 폰만 해도 업그레이드하는 것도 귀찮아하고 생명을 다할 때까지 바꾸는 걸 싫어할 정도로 세상이 그 대로 이길 바라는 사람이다. 내가 아는 세상에서 놀 줄만 알고 살았다. 이젠 방법이 없다. 운명의 매질에 더 이상 상처로 남지 않기 위해 뭔가를 시도해야만 한다.

인스타에 오픈 채팅 방은 많은 강좌들이 소개되어 있었다. 유튜브, 미리캔버스, 액셀, 디지털, 블로그, 등 대부분이 다 배워야 할 것들이었다. 한국과 미국의 시차 때문에 나는 새벽 강좌만 들을 수 있다. 잠이 부족하면 무척 힘들어하는 나로선 고민이 되었지만 이렇게라도 하지 않으면 아무런 준비도 없이 미래를 맞이하게 될 것이다. 하다가 포기한다 하더라도 간 것만큼 결과가 주어질 것이다. 아무것도 하지 않으면 아무 일도 일어나지 않을 것이니 일단 시도를 해 보는 것이다. 시간이 허락하는 것에 사인을 하고 할 수 있을 것이라는 나에게 암시와 각오로 공부를 시작한다.

새벽 5시에 일어나기 위해서 알림을 5분 단위로 울리게 하고 일찍 잠들려고 누워 보았지만 온갖 잡생각이 꼬리에 꼬리를 달고 잠을 청할 수가 없었다. 어쩌다 잠이 들었는지 일어나니 새벽 3시다. 성공한 사람들 대부분이 새벽기상을 하였다고들 하는데 새벽잠이 많은 나는 성공하기 힘든 사람인지도 모르겠다. 성공을 원하기보다는 더 강력한 그 무엇인가를 찾고 싶었다. 중독이 되면 반드시 하게 될 것이다.

50대 이후에 삶은 내려놓기를 해야 된다고 하는데 난 뭔가 한 게 없어 내려놓을 것도 없을 뿐 아니라 아무런 시도도 하지 않아 들은 것이 없으니 내릴 것도 없는 사람이다. 나 스스로를 지탱할 수 있는 마음근력을 채우는 게 우선이다. 홀로 될 수밖에 없는 경험 해 보지도 못한 미래에 대한 불안감과 두려움이 현재 나의 상태이다.

우리는 120세를 사는 세대라 누구도 경험하지 못한 세계를 걸어가는 최초의 사람이 될 수도 있을 것이다. 사람같이 살 수 있는 깨어있는 인생을 만들기 위해서 지금 내가 미래에 줄 수 있는 팁이 무엇일까?

나를 일으켜 세우고 깨어있는 자세로 활력 있게 살 수 있는 세계를 만들고 싶다. 하루하루 일상을 힘겹게 전투를 하고 살다 보니 나를 준비하는 시간을 갖지 못했다. 아니 인생을 깊이 생각하지 않고 주어진 대로 최선은 아니겠지만 열심히 살아왔다. 아마 이런 생활이 나만은 아니겠지. 인간의 생활은 끝없이 변화하지만 일상에서 벌어지는 생로병사에 집착하다 보면 미래라는 이름을 잊고 살지 않을까? 미래의 나와 단절된 사람은 눈앞의 목표를 추구하거나 도파민이 잠깐 활성화되는 쾌락을 일삼는다고 한다. 미래는 멀리 있는 게 아니었다.

"어째서 우리는 미래의 내가 후회할 결정을 내리는가?" 하버드 대학 심리학과 교수이자 미래의 나를 연구하는 대니얼 길버트가 이런 질문을 던졌다. 나의 결정은 무엇이 될까? 가고자 하는 길이 명확할수록 무수한 선택지에서 방황하는 일이 줄어들 것이다.

나는 후회와 불안을 안고 급한 마음으로 환갑을 지나고 나서야 미래에 대한 생각을 하기 시작했다. 인생의 절반의 시간이 남았을 때 아무도 가보지 않은 먼 미래를 준비하는 최초가 되는 세대인 난 공부라는 이름을 시작해 본다. "배움은 뇌에 예측 능력에 최신 정보를 제공해 그 능력을 향상하는 과정이다" 신경과학자들은 말을 한다. 나의 가치에 맞는 나다움을 찾을 수 있는 공부라는 이름의 친구를 사귀기 시작했다.

어떤 공부가 있을까? 나의 괄호 안에 있는 잠재의식에 존재하는 나의 역량을 찾아내는 게 우선 나의 숙제이다. 나의 마지막 자존 감을 놓지 않고 내 인생에 보람된 이름으로 존재하지는 못할망정 실패한 인생은 더 이상 아니고 싶다. 살아 숨을 쉴 수 있는 순간까지 깨어 있는 사람으로 존재하고 싶다.

부모는 자녀에게 짐이 아니라 죽을 때까지 꿈이어야 한다. 마지막까지 열심히 노력하는 자존 감을 놓지 않는 아름다운 엄마의 모습으로 자식들에게 각인이 되고 싶다.

앞으로 100세까지 나를 데리고 살려면 나에게 주는 팁은 공부다. 공부의 즐거움과 행복을 익히 알고 있는 나는 다행이다. 어떤 종류의 공부를 할 것인가 내가 잘하고 원하는 공부는 진정 무엇인지 지금 와서 깊이 생각하고 꿈이 무엇인지 찾기 시작했다. 너무 늦지 않길 바라지만 어차피 늦은 것 지금에서 멈추면 아무것도 얻지 못할 것이다.

활기찬 수명으로 살아야 한다. 남은 인생을 어떻게 살아갈 것인가의 고민은 머리를 떠나지 않는다. 결과가 좋지 않을 때의 실망감은 어쩔 수 없지만 하지 않아서 후회는 없으니까 시작을 해야 한다.

"나이 듦을 받아 들고 스스로 할 수 있는 일을 소중하게 생각하고 활용하라. 노쇠는 병이 아니라 조금씩 몸이 약해져 죽음에 이르는 자연스러운 과정이다." 누군가가 말했듯이 장수하려고 무리하게 애쓰지 말자. 삶이란 지나고 보면 장수의 저주에 빠지기 쉽다. 너무 무리하다가 오히려 수명을 단축시킬 수 있다는 뜻이다. 그러므로 하고 싶은 일을 찾아 활기 있는 여생을 현명하게 마무리하는 것이 마지막까지 은퇴 후의 나의 삶이다.

미래 불청객과 어울려 싸워보자

어른이 된다는 것은?

　나이 먹었다고 누구나 어른이 되는 것이 아니라 고난을 겪고 나서야 어른이 되는 것이다. 그만큼 인생에서 고진감래를 많이 안고 가시밭길 속에서도 인생의 불청객이 선물을 던져준다는 것을 아는 나이이다. 그것은 인격이다. 항상 불행만 있는 것이 아니라 지속적인 불행 속에 간헐적인 행복이 뒤 따른다는 걸 이 나이면 더욱더 뚜렷이 알게 된다. 그러나 아무것도 하지 않은 것은 영원한 불행이다. 욕망도 없고 의욕이 없는 것은 죽음으로 가는 마지막 길이라는 것을 너무나 나는 잘 안다. 안 그러기 위해서 항상 깨어 있어야 한다.

　공부를 시작하자. 인스타로 인해 많은 정보들을 접하게 되면서 일단 북 클럽에 가입하여 줌 미팅을 시작하였다. 책 구하기가 쉽지 않고 시간대가 많지 않아도 무조건 시작을 했다. 모두들 새벽 5시에 일어나 열심히 참석을 하는 모습이 무척 존경스럽고 부럽기도 하고 한편으로 부끄럽기도 했다. 잠이 많은 나는 새벽공부는 생각조차 하지 못했기 때문이다.

북 클럽 운영방식들을 많이 익히기 시작했다. 줌 미팅에서 그 달 읽은 책에 대해 개인 생각과 차이를 얘기할 뿐만 아니라 각자 살아온 인생을 의논하고 토론을 하면서 생활의 치유 능력을 길러 주고 있었다. 결국 책으로 시작한 만남이 심리치료 효과까지 발휘하는 걸 배우면서 평소 내가 하고 싶은 심리공부와 연결이 되어 너무 신이 났다. 시간이 흘러 갈수록 가족 같은 분위기에 서로가 격려하고 위로하면 북 리더의 자질을 갖추어 가고 있었다. 리더가 최선을 다해 끌어주고 밀어주면서 살아온 고통스러운 본인의 참모습을 있는 그대로 대화하고 서로 공감대를 형성하며 울고 웃고 우리는 그렇게 서로서로가 북 리더로 키우고 있었다. 3년 정도 지나니 대부분의 선생님들이 자기의 길을 찾아 걷고 있었다. 독서의 힘과 글쓰기의 중요성은 북 클럽에서 절실하게 느끼면서 미래에 나를 찾기 시작했다.

아무것도 아는 게 없으면 아무것도 하고 싶은 생각이 나지 않는다.

50대의 나는 그렇게 세월을 좀 먹고 나를 만들기 위해 대비를 전혀 하지 않았다. 북 클럽을 하라는 긴 터널의 기차에 올라타 열심히 달리기 시작했다

오픈 채팅 방을 통해 많은 강좌들을 접하기 시작하면서 배우는 욕심과 열의에 불타 최선을 다해 새벽기상과 함께 고3의 시련을 다시 한번 느껴본다. 이른 새벽 눈을 뜨기 힘들어 온갖 핑계로 오늘 하루 쉬어도 세상은 그대로 돌아가고 나의 인생에 큰 오점은 안 생겨 나

의 변명과 이유를 찾아 1초라도 더 누워 있고 싶었다.

 새벽기상을 8개월 연속하다 보니 내 몸의 이상을 느끼기 시작했다. 코에선 피가 흐르고 몸에선 계속 지쳐간다는 신호와 입에선 "너무 힘들다" 외치고 있었다. 그럴 수밖에……. 난 정말 이 나이에 최선을 다 하고 열심히 살고 있다. 일주일 동안 나에게 주어진 일들만 해도 벅찬 상태다. 휴식을 취할 수 있는 시간이 거의 없다. 그래도 길은 가야 한다고 미래의 답이 매질을 던지고 불안을 가슴에 넣어 주고 있었다.

 몸과 정신이 서로 다른 세계에서 싸울 땐 그때 여행이나, 콘서트로 마음의 휴식과 몸을 잠시 쉬게 하곤 한다. 살아 숨을 쉬고 내 자리에서 나를 필요로 하는 곳에 감사드린다. 열심히 살려고 노력하는 과정에서 나이의 마지막 선인 불청객이 소리소문도 없이 찾아왔다. 불청객은 인생의 터닝 포인트의 준비라는 선물을 허락도 없이 무더기로 던지고 있었다.

 줌 미팅을 기대하고 열심히 듣고 기록하고 공부에 대한 열망에 최선을 다하고 들었지만 이해하기가 힘든 부분이 많았다. 결국 더 필요한 공부를 하기 위해선 시간과 돈이 투자해야 했다. 시간 투자는 새벽 시간이라 어려움이 많았고 수강료를 입금시키기도 쉽지가 않았다. 어렵게 누구에게 부탁하여 입금을 하고 강좌 하나하나를 듣기 시작했다. 오픈 강좌에서 처음 연결은 대부분이 무료 강좌였고. 강사님들께서도 아주 다양한 경험과 연륜이 계시는 분들도 많지만 반대로 확인하기 힘드시는 분도 있었다. 일단 시간만 맞으면 거의 다 등록을 하고 듣기 시작했다.

배우는 욕심도 많지만 늦게 시작한 공부란 마음이 급해서인지 나의 계획표엔 하루도 쉬는 날이 없었다. 스케줄에 따라 열심히 열의를 다하여 강의를 듣지만 이해는 하는 데 따라가기가 쉽지가 않았다. 컴퓨터를 잘 다루지 못해 더욱더 힘이 들었다. 그래도 해야 한다는 생각에 끝까지 하려고 노력하고 결과보다는 내가 하고 있다는 사실로만 일단 만족하자 하고 걸어가 본다.

심리학 공부는 정규 과정을 듣고 싶었지만 하는 일이 많아 시간을 뺄 수가 없었다. 결국 온라인 스쿨로 필요한 과정만 공부를 하였다. 일을 마치고 집에 와 밤늦게 까지 공부하느라 무척 힘이 들었지만 스스로 나 자신을 칭찬했다. 머리는 기억력이 떨어져 반복을 일삼아 하다 보니 젊었을 때 몇 배의 고생을 해야만 했다. 드디어 모든 과정을 끝내고 시험 하나하나 통과될 때마다 난 "감사합니다" 란 말을 외치면서 아직 살아 숨 쉬고 있는 나를 느끼고 무엇이든 할 수 있는 자신감에 가슴이 뛰었다.

내가 나를 키우기 위해 10년을 투자한다. 10년 후가 기대가 되지 않으면 오늘이 재미가 없을 것이다. 난 오늘이 재미가 있으니 10년 뒤의 내가 정말 기대되고 사랑까지 하게 될 것이다. 음악 치료사, 미술치료사, 가족심리, 등 많은 심리 공부를 접하면서 기회만 있으면 박사학위에 도전하여 이곳 타국에서 외롭게 사는 사람들의 빛과 그늘이 되어 그들의 심리적인 안정에 조금이라도 도움 되는 사람으로 서고 싶다.

"인생은 등산과도 같다. 정상에 오르면 산아래 아름다운 풍경이 보이듯, 노력 끝에 멋진 인생이 보인다. 때로는 노력해도 안 되는 게 있다면 노력조차 안 해보고 정상에 오를 수 없다고 말하는 사람은 폐인이다." 빌 게이츠는 말을 한다. 열심히 노력하다 보면 산인지 들였는지 알게 될 것이다.

통제하지 못하는 부분에 대한 불안과 걱정 들과 에너지 낭비를 어떻게 활용하느냐에 따라서 우리의 삶의 질이 결정된다고 한다. 자신이 되고 싶은 미래의 나와 연결하고 그 상황을 만들어 내는 방법, 미래의 나를 현재 상상할 수 있는 수준을 초월해 확장하는 방법을 계속 생각해 본다. 확신하는 것은 난 생각에만 멈추어 있지 않고 행동하고 실천하는 중이니 결과에 대해선 후회하지 않을 것이다.

내가 잘하고 좋아하는 나의 평생 황금열쇠

운동 후 거울에 비추어진 빛나는 젊음의 기쁨을 느껴 보았는가? 운동의 중요성을 누구나 느끼면서도 이런저런 핑계 아닌 핑계로 실제로 정규적으로 하는 사람은 많지가 않은 것 같다. 특히 나이가 드신 분들은 더욱더 그런 것 같다. 먹고살기 바빠 시간이 없어 그럴 수도 있었겠지만 젊어서 하지 않은 운동이 나이가 든다고 해서 갑자기 운동이 되는 것은 아니지만 그래도 반드시 운동은 해야 한다.

건강하게 오래 살기 위해서 나름대로 운동이 반드시 필요하다. 몇년 전에 갑자기 무릎이 너무 아파 걷기조차 힘들었다. 모든 상황들이 아픈 것에만 집중되어 아무런 흥미도 관심도 없었다, 운전하기조차 힘들어 외출도 하지 못하고 아픈 다리만 원망하면서 무식하게 저절로 시간이 지나면 나을 거라 생각하고 병원도 갈 생각을 하지 않았다. 시간이 지날수록 나아지는 것이 아니라 점점 더 아파지고 퉁퉁 부어오르기까지 하였다. 결국은 한의원을 찾아가 치료를 받고 침을 맞으면서 한 달간 고생을 하였다.

치료를 받아도 무릎이 완치는 되지 않아 서 있는 것조차 무서웠다. 정기검진 외에는 병원을 간 일이 거의 없는 난 무릎진통 심한 고통에 시달려 아픔에 치를 떨었다. 눈이 내리는 날 운전은 속력을 낼 수가 없으니 출발과 동시에 정지를 계속 반복하다 보며 더 이상 다리로 밟기조차 힘들어 죽고 싶은 심정까지 들었다. 밤에 잠을 청하며 무릎에 바늘이 쿡쿡 찌르는 듯한 고통에 잠도 청하기 힘들었다. 암투병 환자 들에 비하면 아무것도 아니겠지만 남의 아픔보다 나의 아픔이 더욱더 크고 강하게 느껴지고 이대로 걷지 못하면 앞으로 사는 날이 끔찍한 모습으로 장애인 아닌 장애인이 될지도 모른다는 생각에 무서웠다.

고통 속에 시간을 보내고 한의사님이 운동을 권하는데 말도 안 된다고 생각했다. 다리가 아파 걷지도 제 대로 못하는데 운동이라니 이해하기가 힘들었다. 하지만 아직도 젊었다면 젊은데 무엇이라도 해서 이 아픔의 고통에서 벗어나야 하는 데 제대로 걷지 못하면 나머지 삶이 아무런 의미가 없었다. 지푸라기도 잡아야 한다는 말이 이때 쓰는 말인가 보다.

드디어 운동을 시작해 보기 위해 강력하지 않은 운동인 라인댄스에 등록을 했다. 어릴 때 무용을 했던 기억과 한국에서 에어로빅을 했으니 가장 내가 잘하고 좋아하는 거라 열심히 할 거란 걸 알고 있었기 때문이다. 라인댄스가 무엇인지도 모르는 채 댄스니까 춤이겠지 하고 수업에 참여했다.

라인댄스는 춤보다 운동에 가까웠다. 체력과 근력 향상, 체중 조절, 지방연소, 지구력 향상, 골다공증 예방, 특히 다리운동을 집중적으로 하는 무릎관절에 적절한 도움을 주는 하체 근력 강화운동이다. 스텝도. 복잡하지 않고 간단하면서 사방을 똑 같이 반복하여 댄스를 하니 누구나 금방 따라 할 수 있는 국민운동이다. 남녀노소 특히 나처럼 무릎이 아픈 사람이 운동을 하여 다리 근육을 키우는데 탁월한 맞춤운동이다. 나이 들어 퇴화하기 쉬운 관절과 근육을 골고루 사용하기 때문에 관절염이나 골다공증, 만성질환 예방에 도움이 되며 특히 스텝을 외워야 하기 때문에 치매 예방에도 도움이 되는 운동이다.

라인댄스를 1년 정도하고 나니 무릎이 거짓말 같이 아프지 않았다. 운동의 중요성은 익히 알고는 있었지만 몸소 체험을 하고 느껴보았기 때문에 더욱더 열심히 하게 되고 재미도 있고 능력도 있어 욕심을 부려 공부를 하기 시작했다. 무용을 했던 사람이라 별로 힘들지 않게 스텝을 익힐 수 있었고 가르칠 수 있는 재능도 있어 자격증을 따면 학원을 차릴 욕심이 생겼다.

우연히 단체 모임이 새로 만들어지면서 라인댄스 선생의 기회가 왔다. 꿈을 꾸고 있으면 언젠간 기회가 올 수 있다고들 하는데 기회가 와도 실력이 없으면 그걸 놓칠 수밖에 없는 것 기정사실이다. 난 준비된 라인댄스 선생이었다. 집에 돌아와 시간만 있으면 어려운 곡들을 혼자 연습하고 반복하면서 춤 실력을 키우고 있었다. 매일 반복된 습관이 나의 인생의 전환점을 만들어주었다. 내가 좋아하고 잘하는 게 직업이 된다면 그것이 최고일 것이다.

"미래의 자신을 아는 것은 강력하고 목적 있는 삶의 열쇠이다.", - 토니로빈슨.

　코로나로 인해 모든 댄스를 더 이상 할 수가 없었다. 운동을 못하니 무척 힘이 들어 이것저것 방법을 찾다가 줌으로 라인댄스 강사 자격증을 준비하기 시작했다. 새벽시간이지만 난 최선을 다해 공부하고, 많은 곡의 스텝을 짧은 시간에 기억하기란 쉽지가 않았지만 반복과 반복을 거듭하고 집중을 다하여 몸과 마음이 지쳐 있는 나와 싸우곤 했다. 잠을 설쳐서 인지 온몸이 열이 나고 호흡이 곤란해 코로나로 의심이 들었지만 다행히 코로나는 아니었다. 정말 다행이었다.

　불덩이의 몸으로 동영상을 찍기 시작했지만 어려운 스텝은 매번 틀려 속상했다. 누굴 만날 수 있는 상황이 아니니 혼자서 북 치고 장구 치고 셀러폰을 껐다 켰다 줄달음 치고 겨우겨우 한 작품씩 만들었다. 100곡이 끝났을 땐 결국 쓰러져 일주일을 움직이지도 못한 채 침대에 의지 하고 살았다. 그래도 이런 어려운 시기에 줌이라는 화상 미팅을 통 혜 반드시 해야 할 일을 했다는 자부심과 긍지가 하늘을 찔렸다. 누구에겐 아무것도 아닌 일이겠지만 나에겐 이 자격증이 나의 미래의 황금열쇠라는 걸 너무나 잘 알고 있었기 때문이다.

　드디어 시니어자격증부터 2급. 1급 자격증까지 다 통과하면서 나도 할 수 있다는 자신감과 보람으로 가슴이 뿌듯했다. 난 이 자격증으로 인해 나의 미래 매질의 상처를 치유할 것이란 걸 확신한다. 내가 너무나 좋아하고 잘하면서 돈도 버니까……. 몸은 마음의 종이다. 마음이 허락하는 곳에 몸이 따라가는 것 항상 건강한 몸을 관리하는 게 마음을 보살피는 것과 같은 것이라 생각한다.

마음을 움직이고 서로 공감하며 사랑하자

나이가 들수록 고독을 배워라……

사람들은 점점 혼자 있기를 두려워한다.

나한테 지금 할 수 있는 일이 있는데 미래의 불안에 너무 메 달리지 말고 나에게 주어진 지금 이 현실에 충실하게 살다 보면 결과의 열매를 딸 수 있지 않을까? 라인댄스를 가르치면서 많은 학생들을 접하게 되고 여긴 한국하고 달라 라인댄스가 뭔지 모르는 사람들이 너무나 많았다. 하긴 나도 하기 전엔 몰랐으니까?

회원님들의 숫자가 점점 늘어나고 열심히들 뛰는 사람이 많아지면서 나는 이 직업에 대해서 자부심과 긍지를 더욱더 가지게 되었다. 인생의 흐름이 어디로 갈지 정말 아무도 모른다. 무릎이 아파 시작했던 댄스가 영원한 나의 직업이 되면서 많은 사람들과 관계를 맺기 시작했다. 사람들은 운동의 희열에 빠지면서 점점 몸과 얼굴이 예뻐지는 걸 스스로 느끼기 시작했다.

이곳 생활은 무척 단순하고 살기 바빠 취미 활동을 멀리 한 채 집과 일 밖에 모르고 사는 사람이 많다. 물론 어디든지 마찬 가지 이겠지만 타국 생활이 쉽지만은 절대 아니다. 결국 몸이 말을 안 듣게 되면 그때 후회를 하는 사람이 주위에 많이 보게 된다. 물론 그렇지 않은 사람도 많지만. 그런 사람은 운이 좋다고 생각들 한다. 운동을 하지 않은 사람들을 만날 땐 난 참으로 안타깝게 생각한다. 지금은 시간이 없어 못한다고들 하지만 시간과 돈이 얻어지고 나면 몸이 말을 안 들어 운동을 하고 싶어도 할 수가 없다. 건강은 건강할 때 지켜야 한다.

라인댄스를 처음 오시는 분 중에 얼굴이 어두운 사람이 많다. 바라만 보아도 마음이 머리를 타고 올라와 가슴이 아프다. 저마다 사연들을 안고 가지만 내 나이가 되면 반 점쟁이가 되는 것 같다. 얼마나 힘이 들며 표정도 없이 웃음을 잊어버리고 살아왔을까? 인생의 답은 항상 시간이 말을 한다. 이런 회원님들도 시간이 지나면 얼굴에 화색이 돌면서 표정이 밝아지는 걸 많이 보았다. 같이 더불어 운동을 할 수 있다는 것 서로의 에너지를 전달하고 공감대를 형성하는 곳 이곳이 행복이다.

"너 주위의 있는 사람 5명의 평균이 너의 미래이다" 쇼팬하우어

2시간 동안 쉬지 않고 초급, 중급을 넘나들면서 우린 한 몸이 되어 끈끈한 정으로 정말 열심히 뛴다. 그런 모습에서 난 항상 감동을 받

는다. 어려운 춤이 들어가면 집에서 연습도 해야 하고 그 스텝을 다 외우기도 쉽지가 않다. 정말 힘든 곡은 그 춤을 다 배우고 나서 노래에 맞추어 댄스를 완벽하게 끝났을 땐 서로서로가 격려하고 눈에선 따뜻한 눈물을 흘릴 때도 있다. 우린 이렇게 운동을 하고 가족 같은 깊은 정 덩어리로 뭉치고 있었다. 어느새 온몸이 땀으로 목욕을 하고 얼굴엔 밝은 화색과 몸에선 강한 에너지와 희열을 느끼는 자신들을 발견하게 된다. 시간이 흘려 갈수록 많은 사연과 추억을 쌓아 나가고 있었다.

운동 후 커피숍에 모여 친교 시간을 가진다. 난 이 시간을 아주 중요하게 생각한다. 이 외로운 타국에서 서로서로 버팀목이 되어 운동과 함께 평생 같이 갈 수 있는 동지를 만들고 싶어서이다. 회원님들의 다양한 이야깃거리들이 터져 폭풍을 연상하게 한다. 삶의 터전 스토리가 여기서 만들어진다. 가장 많은 고민거리들이 건강문제와 노후 문제의 심각성이다. 코로나로 인해 남편을 잃은 분이 2분이나 계시는데 대비하지 못한 상태에 홀로 되어 무척 힘들어하신.

언젠간 누구나 당하는 일이지만 준비 없는 현실은 죽음보다 더 큰 고통을 안고 사는 것 같을 것이다. 텅 빈집에 홀로라는 느낌은 외롭다 못해 공허한 마음이 결국은 우울증까지 동반된다는 사실을 익히 경험해 본 나로선 너무나 잘 아는 현실을 본다. 잠시의 만남이지만 위로와 치유의 시간이 되길 바라는 마음 간절하다.

댄스 수업이 운동으로 그치는 것이 아니라 이런 모임을 통해 좀 더 성숙한 인격체로 서로에게 더욱더 공감대를 형성하여 먼 인생 꽃 길에 일조하길 바란다. 인연은 정말 소중한 보배다. 진정한 인연은 처음부터 모든 사람이 잘 맞는 사람과의 관계가 아니라 잘 맞지 않는 부분조차 혹은 상대의 조금 미숙한 부분조차 내가 조금 손해 볼지언정 그저 그 사람이라는 이유로 온전히 받아들일 수 있는 관계라는 사실을 기억하자. 어느 글에서 보았던 것 같다.

"소유는 절대 나누어 가질 수 없지만 정신적 가치는 나누어 가질수록 값어치가 커진다"라고 105세 김형석 교수님께서 말씀하셨다. 또한 "배부른 돼지는 배고픔을 아는 인간만 못하다"라고 했다. 운동 후의 모임은 더욱더 강화시켜 정신적 가치를 높이고 사람으로서 자존 감을 최대 높일 수 있는 단체로 만들 것이다. 정신적 자산을 지닌 운동하는 사람을 만들기 위해선 내가 수양하고 배울 것이 너무나 많다.

우린 운동과 긴 시간의 만남이 결국은 깊은 인연으로 운명공동체를 만들며 라인댄스 평생직장은 나에게 보람된 노후를 보장함에 항상 감사드리고 사랑한다. 10년 이후가 기대가 되지 않으면 오늘이 재미가 없을 것이다. 라인댄스는 나에겐 영원한 건강과 정서적인 안정을 가져줄 것이라는 걸 확신한다.

시간의 여정 속에 두 개의 영혼

운명의 매질은 지금도 상처를 만든다.

"미래의 나와 연결되는 수준이 현재의 삶과 행동 수준을 결정한다. 미래의 나와 더 깊이 연결될수록 지금 더 현명한 결정을 내릴 수 있다. 미래의 내가 어떤 모습인지 깊이 생각해 보라. 그러면 풍요로운 은퇴 생활을 위해 계획을 세우고 잘 세워 효과적인 투자를 하게 되며 일탈 행위나 자기 파괴적인 행위를 할 가능성이 줄어들 것이라고……." 퓨처 셀프 저자인 밴저민 하디는 말을 한다.

　나는 나만을 위한 노력을 하고 나의 세계에 전념하면서 미래를 대비하고 전력질주 한다. 각자의 인생에 최선을 다하여 살다 보면 답이 나올 것이라고 생각했다. 왜 둘이 같이 간다고 생각을 안 했을까? 운명의 매질은 깊은 상처를 던졌다. 여기 사는 사람들은 나이가 들면 노후를 어디에서 보낼까 고민을 하시는 분이 제법 많다. 고국에 돌아가서 마지막 여생을 마치고 싶어 이중국적을 취득하자는 사람들이 갈수록 많아지고 부부가 같은 생각을 가지고 있음 다행이지만 그렇지 않은 경우 생이별을 하고 사시는 분들도 제법 있다. 그런 부부들은 참 이상하고 별스럽다고 생각을 했었다. 이 일이 내 일이 되기 전까지는…….

남편도 한국에 살고 싶다고 나에게 말만 하는 게 아니라 강요까지 할 때도 있다. 처음에 그냥 던진 말인 줄 알았는데 정말 갈 준비를 하고 있었다 한국에 살고 싶은 생각은 하지만 그게 그렇게 쉬운 일이 절대로 아니다. 가장 큰 이유는 한국에 가서 내가 할 일이 없다는 것이다. 물론 아이들도 문제가 되지만 일이 없다는 것은 무덤으로 들어가기 위해 사는 느낌이라 정말 싫다.

나이가 들면 취미 활동이나 일이나 자기만의 은퇴 준비를 한 사람은 괜찮지만 일만 하고 취미가 없는 사람은 여기서 살기란 정말 힘들긴 힘들겠다는 생각은 계속하고 있었다. 이 일이 내일이 될 줄은 몰랐다.

남편은 취미가 별로 없다. 머리가 뛰어나게 좋은 사람이라 나름대로 자기 길을 잘 가고 있다고 생각하고 나의 앞날만 걱정하고 있었다. 언젠간 골프를 같이 하자고 했지만 내가 햇빛이 싫어 거절했다. 한국 사람 대부분이 골프를 치고 나이가 들어도 부부가 같이 가장 많이 하는 운동이자 취미활동이다. 남편 혼자라도 배우길 간절히 바라고 권유해 보고 달래 보았지만 결국 실천에 옮기지 않았다.

이번에 한국 다녀와서 마음을 굳힌 것 같다. 한국에 가서 살겠다고 구체적인 계획까지 다 세워 의논이 아니라 명령을 내리고 있었다. 먼 나라 남의 나라 이야기가 아니고 바로 나의 이야기였다. 한국의 발전성과 편리함을 계속 주장하면서 역시 내 나라 내 조국이 최고라고 한다. 나도 그렇다고 생각은 하지만 몇십 년을 여기서 살다가 힘들고 할 일이 없을 때 삶의 터전을 옮기는 것에 무조건 반대다. 부부가 나이가 들수록 서로 의지하고 살아야 하는데 오히려 거꾸로 인생을 살게 되다니…….

청천벽력 같은 일이 점점 현실로 각인되기까지 1년이라는 세월이 걸렸다. 사람을 사랑할 때 가장 외롭고 고독하다고 한다. 옆에서 숨을 같이 쉬고 있어도 그런 감정인데 사랑하는 사람이 생이별을 한다면 더욱더 고독과 우울에 빠질 것은 진한 현실이다.

같이 살아 있음을 끝내기 위해 살을 에는 진한 슬픔과 통곡이 가슴을 사정없이 후려치고 있었다. 서로의 생활이 다르고 타인에게 공감하기엔 나의 생활도 중요하니 각자의 생각을 존중하고 인정해 주어야 한다는 결론이 내려졌다. 이런 슬픈 현실이 타국에서 오래 살아온 부부들의 현실이라는 게 가슴이 아프다.

오랫동안 참고 힘들게 살아온 인생의 여정에서 다른 한 사람을 위해 자기 삶을 더 이상 희생하라고 강요하기엔 우린 너무나 서로를 잘 알고 있었다. 홀로라는 불안감과 외로움에 몸부림치고 살아야 한다는 사실은 내가 극복해야 할 마지막 숙제인가 보다. 혼자라는 생각은 한 번도 해 보지 않았다. 아무리 사이좋은 잉꼬부부도 언젠간 혼자가 될 수 있는데 왜 젊었을 땐 영원히 그렇게 살 줄 알고 아무런 대비를 하지 않았을까? 시간은 소리도 없이 서서히 우리 인생을 먹고 가는데…….

영원히 옆에 있을 줄 안 남편의 한국행이 부부란 어떤 존재인가를 깊이 생각하는 기회가 되어 많은 생각을 해 본다. 법이 보호하는 부부뿐 아니라 현실에 존재하는 다양한 형태로 삶의 터전에 있는 부부의 모습들을 생각해 본다. 너무나 다양한 색으로 나타난다. 부부 이기 이전에 한 인간으로 서로 다른 세계를 가진 개인의 본성을 존중해야지 라는 생각 전환을 하고 나니 남편을 이해하려고 노력을 한다.

우린 아직도 많은 얘기를 한다. 한국에 가서 살기를 바라는 남편은 한국이 얼마나 살기 좋은지 계속 설명하고 설명이라기보다 피를 토하면서 나를 설득하는 게 맞는 것이다. 참으로 안타까운 현실이 여기에 존재한다. 이 일이 나만의 일이 아니니 더 문제다. 내 주위의 사람들이 떨어져 살고 이별 아닌 생이별을 하고 사는 걸 보면서도 남의 일이거니 생각하곤 헸는데 당장 눈앞에 놓인 나의 문제로 대두되다니…….

인간의 수명연장으로 인해 노후가 되어도 직장에선 나를 부르지 않지만 난 여전히 내 안에 살아 있는 객체를 데리고 살아야 하니 내가 할 수 있는 취미 활동들을 반드시 만들어 놓아야 한다. 각자의 생각차이가 수십 년을 살아온 부부들이 황혼으로 달려가는 이 시점에서 이런 고민을 안고 살아야 하는 서글픈 현실이 가슴을 억 누른다.

안 그러기 위해서 깨어 있어야 했어

안 그러기 위해서 깨어 있어 준비만 했다면 과거로부터 얻어지는 현실의 고민이 미래의 불행을 미리 막았을 것인데…….
은퇴 이후에 내가 무엇을 할 것인가 대비하지 않으면 언제 누구에게나 올 노후의 불행을 안고 살게 된다. 현재 남편의 고민일 것이다, 지금이라도 대비하면 늦지는 않을 것이다. 그동안 열심히 살아왔으니 이젠 자신에게 투자하고 준비하길 바라는 마음 간절히 소망한다. 지친 삶이 모든 걸 포기하지 않았으면 좋겠다.

정신과 의사들에 따르면 "정신적으로 지친 사람들이 가장 먼저 그만두는 것이 취미 활동이라고 헌다." 즐길 수 있는 취미가 있어야 힘든 시기도 잘 버텨낼 수 있다는 사실을 꼭 기억하자.

안 그러기 위해서 깨어 있어야 해

운명의 매질은 너무나 큰 상처를 나에게 던졌다.

남편의 빈자리는 영원히 치유할 수 없는 나의 상처의 깊이로 스며들 것이다, 오늘도 난 남편을 불쌍한 시선으로 바라보면서 제발 자기 갈길 이 나를 동반하는 길이길 바란다. 이별 후의 고독이 어찌 나만의 문제 이겠는가? 이별 후의 고독, 사랑할 때의 에너지 등 엄청난 노력과 시간이 우리를 해결할 것이다. 미래의 태양은 우리에게도 반드시 희망을 줄 것이다.

수상한 고양이

민하

민하 작가

사회로부터 결정된 인생이 아닌
스스로 만든 주체적 라이프 스타일을 가진 사람
많은 사람들이 책을 쓰고 작가가 되어
변화된 삶을 누릴 수 있도록 돕고 있다.

STM창의교육연구소 대표
꿈을 이루는 글쓰기 꿈이글 대표
글쓰기 코치
인스타그램 @minha.writer
블로그 https://blog.naver.com/minhassam

은희와 선영

빨간 스포츠카가 학교 주차장으로 들어온다. 윤기가 넘치는 최고급 정장을 입고 멀리서도 명품시계가 보이도록 팔을 한번 위로 올리고 옷깃을 매만진 뒤 차 문을 닫는다. 엎어지면 코 닿을 곳. 바로 옆에 집을 지었다. 직주 근접이 아니라 초근접 거리지만, 출근할 때만큼은 스포츠카를 고수한다.

골갑예술고등학교 교장 성공한 피아니스트 박선영.

사립고등학교로 살아남아 최고의 명문 고등학교가 되기까지 어쩔 수 없는 비리를 저질러왔다. 작게는 비정규직 선생님의 노동착취부터 크게는 학생들의 교내 대회 상장 조작 각종 뇌물 수수까지…….

"교장선생님 안녕하세요!"

"어 그래 나래야. 이번에 첼로 수상 축하해~ 다음에도 좋은 성적 거두자~"

며칠 전 나래엄마에게 명품 시계를 받은 터. 선영의 말투에 더욱 친절함이 묻어난다.

"이쁜 것들은 이쁜 짓만 한다니까."라는 말이 저절로 나올뻔했다. 선영은 입고리를 치켜올리며 교장실로 향했다.

화장실에 갔다 나오는 승희가 멀리 보였다. 피아노 실력이 유독 뛰어났지만 왠지 정이 가지 않는 아이였다. 선영은 실력만으로는 성공할 수 없다고 생각했다. 승희의 부모는 한 번도 학교에 찾아오지 않았다. 그런 아이들은 저절로 선영의 관심사 밖이었다. 선영의 마음에 드는 학생을 우수생으로 만드는 것은 쉬웠다. 교내 대회의 상을 모조리 몰아주는 것은 일도 아니었다. 부모가 그 가치를 알기만 하면 말이다.

그래야 명실상부 골갑예술고등학교가 이 나라에서 더욱 우뚝 설 수 있다. 그건 그렇고 새는 돈을 막고 들어오는 돈을 늘려야 살아남는 법. 이번에 새로 온 장은희선생한테 당분간 학교 순찰 좀 보라고 해야겠다고 생각했다.

교장실 문이 열리고, 장은희선생이 들어왔다. 아이들도 가르치고 학교에서 자질구래한 일도 시킬 겸 계약직으로 뽑았다. 요즘 취직이 안 돼서 그런지 스펙은 화려하다. 그러거나 말거나. 선영은 그저 싼 값에 사람을 부리는 최적의 방법을 알고 있다. 적당히 생각해 주는 척하면서 잘해주면 기대 이상으로 일을 해낸다. 착한 사람들을 적절히 이용하는 법은 풍선껌불기보다 쉽다.

"당분간 애들 학교에서 연습하고 가면 저녁에 9시까지 학교에서 연습실마다 문단속 좀 하고, 퇴근하도록해. 애들 비싼 돈 내고 학교 다니는 데 학교에서 연습실 제공해 주면 좋잖아. 아이들 위해서 그 정도 수고는 해줄 수 있지? 그전에 우리 집에 와서 열쇠꾸러미 받아가고"

"네? 아 ……저는 ……"

"네 알겠습니다……."

완벽함을 방해하는 존재

야옹~

 선영은 학교 주변에 어슬렁거리는 길고양이 때문에 골치가 아프다. 모든 것이 완벽한 선영을 방해하는 유일한 존재다. 학교경비한테 고양이들 단속하라고 단단히 일러둘 참이다. 퇴근하는 길에 승희가 하굣길에 길고양이에게 간식을 주고 있는 모습이 보인다.

"얘, 너 지금 뭐 하니? 고양이한테 그런 거 주니까 자꾸 학교로 들어오는 거 아니야!"
'하여튼 꼴 보기 싫은 것들이 더한다니까'
선영은 옆에 있던 돌멩이를 들어 힘껏 고양이를 향해 던지고는 경비원에게 소리를 질렀다.
"경비아저씨! 내가 고양이 못 들어오게 하라고 몇 번을 말해요!
여기가 고양이 소굴이야 아주!
일 좀 똑바로 하라고!"
"죄송합니다 교장선생님 "
선영의 아버지보다 나이 많은 경비 아저씨가 얼굴이 땅에 닿을 듯 머리를 숙인다.
"하여튼, 하라는 일도 똑바로 못하고 쯧쯧쯧"

퇴근 후 선영의 루틴은 노을이 비치는 창가에서 피아노를 치는 일이다. 거실 한가운데에 있는 그랜드피아노 앞으로 간다. 누구의 방해도 받지 않는 곳에서 선영은 빠르고 우아한 손놀림을 힘껏 자랑해본다. 스스로 생각해도 멋진 삶이다. 이보다 더 완벽할 수 없다.

월! 월! 월!

개 짖는 소리다.

"아 진짜. 저놈의 개 때문에. 개 잡아가라고 그렇게 신고를 했는데, 아직도 못 잡은 거야? 정말 미친다니까"
"딩동"

초인종 소리가 들린다. 장은희 선생이 열쇠를 받으러 왔다.

"어 장 선생. 열쇠 여기 있어. "
"저……. 교장 선생님, 죄송합니다. 저는 사정이 있어서 학교에 늦게까지 남을 수가 없어요. 순찰 업무는 다른 사람을 시키시는 게…"
"뭐야? 아니 그럼 아까 말을 했어야지 지금 뭐 하는 거야! 내가 장 선생이랑 같아? 이런 사소한 거 신경 쓸 시간이 있는 줄 알아? 어디서 그따위로 일을 해?"

"네? 죄송합니다……. 아버지가 갑자기 다치셔서 집에 가봐야 해요……."

"그거는 장선생님 사정이지. 내가 먼저 말을 했잖아. 열쇠 받아가라고 옷!"

선영은 소리를 지르며 열쇠 꾸러미를 바닥에 내동댕이쳤다. 겁에 질린 장선희 선생은 울면서 선영의 집을 나갔다.

"내 덕분에 먹고사는 주제에 능력 없는 것들이 꼭 저렇게 거슬린다니까"

그렇지 않아도 거슬렸던 장 선생이 하는 짓이 밉다. 어리석은 교사들 때문에 진절머리가 난다. 선영은 다음 장은희 선생의 다음 계약은 없는 걸로 만들어야겠다고 생각했다. 다시 피아노 앞에 앉아 분노의 피아노 연주를 했다. 피아노 선율이 대궐 같은 집을 감싸던 그때 다시 고양이 소리가 들려왔다.

"야~옹"
밖에서 고양이 소리가 들리자마자 피아노 연주를 멈추고 벌떡 일어났다.
"아니 여긴 또 어떻게 들어온 거야!"

여기가 천국이라면

퍽! 하는 소리와 함께 선영의 머리가 검은 그랜드 피아노에 세게 부딪혔다. 피아노 의자에서 일어나다가 선영이 내동댕이 친 열쇠꾸러미에 발이 걸려 미끄러진 것이다. 대리석 바닥에 쓰러진 선영은 점차 의식을 잃었다. 지금까지 살아온 지난날들이 영화 필름처럼 빠르게 지나갔다. 악착같이 살아내느라 이미 굳어져버려 죄의식조차 없었던 지난 잘못들이 보였다. 선영은 죽어가는 순간에도 천국에 가고 싶다고 생각했다. 그리고 잠시 잘못했다고 신께 중얼거렸다. 신을 믿지 않았다. 어이없게도 혼자 집에 있다가 넘어지고 있는 것이다. 신이 있어야만 했다. 지금 이순간만큼은. 가끔 혼자 살다가 죽는 생각은 했지만 지금은 아니었다. 선영이 키워온 학교가 최고의 학교가 되었고 아직도 못한 일이 많다. 선영의 간절함과는 상관없이 피아노 선율은 사라지고 고양이 울음소리만 텅 빈 집을 채웠다.

뜨거운 햇살에 눈이 부셨다.
'아 여기가 천국인가…….'
바닥이 차가웠다. 천국은 따뜻한 곳이 아니었던가. 눈을 비비 고나니 움직이는 것들이 보인다. 찰랑거리는 교복치마를 입고 바쁜 걸음을 재촉하며 등교하는 아이들이다. 등굣길 한 복판에 누워있다가 깜짝 놀라 앉았다. 한 아이가 다가와 선영의 머리를 쓰다듬는다.

"아니 뭐 하는 짓이야!"

아무리 악을 써도 고양이 소리만 났다. 뭔가 이상하다. 그 순간 몸을 뒤덮고 있는 회색빛 털들이 눈에 들어왔다. 눈을 비비고 다시 보았다. 선영의 손이 털이다. 눈을 몇 번이나 비볐다. 아무리 봐도 사람 손이 아니었다.
승희가 고양이가 된 선영의 머리를 쓰다듬고 있었다.
그제야 가끔 승희가 고양이에게 추르를 준다는 것이 생각났다.
승희가 선영의 머리를 쓰다듬고 있다면, 선영은 고양이였다.

나
'박선영이 고양이라고?'

'하필이면 고양이로 태어나다니…….'

소리를 지르는 순간 혀가 먼저 반응한다. 승희가 쓰다듬거나 말거나 추르를 한참 정신없이 핥아먹었다. 선영은 어서 학교로 가야 한다고 생각했다. 아이들 뒤를 천천히 따라 경비원의 눈을 피에 간신히 학교로 들어갔다. 아이들이 놀라는 소리가 나든 말든, 어제 우아하게 걷던 길을 달리고 달렸다.

학교로비에 들어가자마자 한 남자가 선영을 막아선다. 이 선생이다.

"이 선생, 마침 잘 나왔어. 반가워. 나야 나 박선영 교장"

선영의 간절한 눈빛에 아랑곳하지 않고, 이 선생은 대걸레를 가지고 나와 선영을 몰아냈다. 성이난 대걸레가 박선영을 무자비하게 공격했다.

"아휴 교장선생님이 못 봐서 다행이지 또 얼마나 나를 괴롭힐까? 지긋지긋하다 정말"

뒤에서 이 선생이 하는 말이 귓전에 들려왔다. 이 선생은 선영의 앞에선 순한 양처럼 고분고분했는데, 뒤에선 저런 식이었다니 선영은 혼란스러웠다. 학교 주변을 계속 맴돌았지만 별다른 수가 없었다.

선영은 고양이가 되었다는 사실이 믿기지 않았다. 아무리 그래도 그렇지 제일 싫어했던 고양이로 변했다. 이건 꿈이다. 빨리 돌아가고 싶었다. 숲 속의 맑은 공기. 나만의 유토피아 나의 집 나의 학교……. 이젠 다시는 돌아갈 수 없는 것인가 하는 혼란스러운 마음에 정신을 차리지 못했다.

월! 월! 월!

어디선가 개 짖는 소리가 들렸다.

"넌 못 보던 고양이인데, 여기는 내 구역이야 저리 가지 못해!"

개 짖는 소리가 말로 들리다니 이상한 경험이었다.

선영이 아무리 자신이 학교 교장이라고 말을 해도 고양의 하악질일 뿐이었다. 개 짖는 소리가 말소리로 들리니 귀신이 곡할 노릇이었다.

"나 여기 학교 교장이야. 내가 골갑예술고등학교 교장 박선영이라고. 개 짖는 소리 때문에 내가 피아노 치다가 몇 번을 일어났는데, 그게 바로 너 때문이었구나!"

"뭐? 고양이 주제에 네가 교장이라고? 그럼 어디 한번 나를 또 쫓아내 보시지~"

무서운 이빨을 드러내며 당장이라도 물어뜯을 듯 무섭게 으르렁거리며 개가 선영에게 다가왔다. 선영은 달려드는 개를 피해서 있는 힘을 다해 도망쳤다. 복수라도 하는 듯 끊임없이 쫓아왔다. 그렇게 온종일 도망 다녔다. 온몸의 털이 곤두서고 사시나무 떨리듯 떨렸다. 학교담장 옆 언덕에 몸을 숨겼다.

어디선가 가냘픈 새끼고양이들의 울음소리가 들렸다. 소리가 나는 쪽으로 가보니 연약한 새끼 고양이들이 모여 엄마가 오기를 기다리고 있었다.

선영의 눈물

새끼 고양이들을 보니 막상 울고 싶어도 못 우는 처지가 한탄스러웠다. 하루 만에 일어난 꿈만 같은 일들이, 도저히 믿어지지 않았다. 선영의 럭셔리 하우스와 집 차 모든 것이 그리웠다. 이렇게 한 순간에 모든 것을 잃게 되고 들개한테 쫓기는 신세가 되리라는 것을 알았다 해도 믿지 않았을 것이다. 도대체 이게 무슨 일일까, 박선영이 하루 아침에 똥개한테 쫓기는 고양이가 되었다.

"아이고, 아직 엄마 안 왔구나, 이거 먹자~ "

어디선가 익숙한 목소리가 들려왔다. 장은희 선생이었다. 새끼고양이들에게 먹을 것을 챙겨주고 있었다. 길고양이들을 돌보는 모습이 익숙해 보였다.

"장선생, 나야 나 박선영교장!" 아무리 목소리를 높여도,

장은희에겐 고양이의 야옹 소리에 지나지 않았다.

"어? 넌 오늘 처음 보는구나. 너도 이리 와서 먹어"

오늘 먹은 것이라고는 아침에 승희가 준 츄르뿐이었다. 장은희의 말을 알아들을 수 없다는 것이 생각난 선영은 자신도 모르게 참치캔을 핥고 있었다. 염치없지만 하루종일 배고픔에 허덕여 눈에 보이는 것이 없었다.

"많이 먹어라 당분간 못 올 거 같아. 아버지가 다치셨거든……."

아버지가 다친 게 사실이었다. 선영은 매몰차게 장선생을 몰아붙였던 것을 후회했다. 자신 덕에 먹고 산다고 생각해서 장은희를 비롯한 다른 직원들에게도 못되게 굴었던 모습이 떠올랐다.
배가 부르자 저절로 눈이 감겼다.

눈을 떠보니 깊은 새벽이다. 어느새 새끼고양들의 엄마가 와있었다.

"무슨 잠을 그렇게 많이 자? 갈 곳이 없는 거야? 조심해 여기 학교 교장이 바로 학교 옆에 사는데 얼마나 우리를 싫어하는지 도망 다니느라고 아주 힘들어 죽겠어, 오늘은 나한테 돌을 던졌다니까"

선영은 자신이 바로 그 교장 선생님이라고 말할 용기가 나지 않았다. 부끄러움이 차가운 공기와 함께 몰려왔다.

"아…….그렇구나…….난 정말 그냥 지금까지 내 생각만 하고 살았네……."

"뭐? 무슨 뜻인지 모르겠군, 이봐 , 아무튼 조심하라고"

걱정해 주는 새끼고양이 엄마를 뒤로하고 다시 집으로 돌아가야 한다고 생각했다. 선영은 천천히 몸을 일으켜 집을 향해 출발했다. 간신히 몸을 움직여 집 앞에 도착했다. 하루가 꼭 10년처럼 느껴진다. 이대로 포기한다면 안될 것 같은 생각이 들었다.

왜 그렇게 밖에 살지 못했을까. 자존심이 상했다. 그토록 멸시하던 고양이에게 도움을 받다니, 선영이 사람들을 괴롭히고 살아서 고양이로 환생하는 벌을 받은 것일까? 정말 그렇게 살면 안 되는 거였다. 제말 다시 돌아간다면 적어도 인간답게 살다가 죽을 것이라고 생각했다.

"경비원! 경비원!"

선영은 자신도 모르게 경비원을 불렀다. 경비원에게는 귀찮은 고양이 울음소리일 뿐이었다.

"아니 , 또 교장선생님한테 혼나겠네, 저리가지 못해!"

다시 태어난 선영

그때 저 멀리서 개 짖는 소리가 들려왔다. 환청인가 싶었는데 진짜 아까 그 개가 달려들고 있었다. 선영은 혼비백산 도망쳤다. 그때 부릉하는 소리와 함께 오토바이와 부딪혀 몸이 하늘로 붕 떠올랐다.

'내가 인생을 잘 못살았구나 이렇게 끝나는구나⋯⋯.'

다시 죽는 순간에도 수많은 죄책감이 몰려왔다.

선영이 눈을 뜬 곳은 병원 응급실이었다. 넘어졌을 때 가사도우미가 발견해 병원으로 옮겨진 것이다.

"일찍 발견되셔서 다행입니다. 가벼운 뇌진탕이네요. 일주일 정도 입원 후 퇴원하셔도 됩니다."

의사 선생님의 또렷한 목소리가 들려왔다.

"감사합니다 의사 선생님"

'내가 다시 사람으로 돌아왔다. '

선영은 안도의 숨을 내쉬며 병원 침대에서 오랜만에 깊은 잠을 잘 수 있었다. 선영은 학교에 기부금을 내지 않는다는 이유로 수상명단에서 제외되었던 승희의 이름을 목록에 제대로 집어넣었다. 그리고 학교 근처 언덕에 새끼고양이들이 있는 곳으로 갔다.
마침 장은희선생이 왔다.

"아 교장선생님 죄송합니다 다신 이러지 않겠습니다……." 장선생의 손이 어쩔 줄 모르는 듯 우왕좌왕하고 있었다.

"아냐 장은희선생, 새끼 고양이들을 돌보고 있었군……. 고마워"

"네?"

장은희선생이 영문을 모르고 놀라며 물었다.
"내가 그동안 너무 했지……. 고양이 추울 거 같은데 집을 지어 주려고"

학교로 돌아오는 길 고양이소리가 정겹게 들렸다.

무엇인가를 간절히 찾고 있는 개소리도…….

이 소설은, 문득 떠오른 한 사건에 의해서 시작되었습니다.

한 후배가 어떤 중학교에 임시 관리 교사로 일하게 되었었는데요. 학교 건물 관리 업무까지 맡는 것이 부담이 되어 그만두고 싶다며 같이 가달라고 했어요. 일을 시작한 것도 아니고, 시작하기 전에 그만두는 것을 죄송하다고 말하러 간 거였어요.

그런데 그만 거기서 못 볼 꼴을 보고 맙니다.

후배가 일을 그만둔다니 교장이 노발대발하면서

너 때문에 사람을 다시 뽑아야 한다며 무릎을 꿇으라고 했고, 그 후배는 무릎을 꿇었어요. 아직도 울며 무릎 꿇은 후배의 모습이 눈에 선합니다.

저는 그 후배에게 무릎 꿇지 말고 계속 나오라고 했고, 그 교장은 같이 간 저에게 까지 소리를 쳤습니다.
그땐 정말, 이 사회의 어른이라고 할 수 있는 사람들이 왜 저렇게 못됐을까. 못된 어른이 왜 이렇게 많을까 이해가 되지 않았어요.

앞으로 청소년들이 처음 사회에 나가서 만나게 되는
어른들의 모습은 어떤 것일까요?